お願いだから俺を見て

～こじらせ御曹司の十年目の懇願愛～

あさぎ千夜春

この物語はフィクションであり、実在の人物・団体・事件等とは、いっさい関係ありません。

お願いだから俺を見て
～こじらせ御曹司の十年目の懇願愛～

プロローグ

「自分だけが特別だなんて、思ってるのね」

長い三つ編みが目の前で揺れる。

「女なら誰でもいいみたいだけど、私からしたら、あんたみたいな男こそみんな同じよ」

物おじしない瞳がまっすぐに俺を見据える。

「女だからこういうのが好きだって決めつけて……ダッサ」

そう言って、心底軽蔑すると言わんばかりに立ち去った彼女は、最後まで一度もこちらを振り向かなかった。

（ダサい……この俺が？）

お前なんかどうでもいいと言われたのは、生まれて初めてだった。

思わず自分の胸を手のひらで押さえて、その違和感の存在を確かめる。

手のひらの下、胸の奥で、わけのわからない感情がグルグルと渦巻き、のたうちまわっているようだ。

少し考えてみて、己が動揺していることに気が付いた。どうやら彼女の言葉に、自分は落ち込んでいるらしい。

（そうか……俺にも人並みに傷つくような『心』があったんだな）

周囲からはずっと、なにを考えているかわからないと言われていた。それはある意味正しかった。

（実際、なにも考えてなかったし）

家族に反発して、吐き出せない鬱屈《うっくつ》した感情を荒れた生活で晴らそうとしていた。

他人をおもんぱからず自分勝手に生きてきたというのに、誰もがそんな俺に好かれたがっていた。そしてそんな自分の一挙手一投足に一喜一憂する人間を、ひとり残らず見下していたのだ。それを見抜かれた気がして、一気に恐ろしくなった。

あの時からずっと――彼女の存在は心に根を張っている。

深く、楔《くさび》のように突き刺さり、今でも、まるで生まれた時からずっとそこにあったかのような近しさで、心に棲《す》みついているんだ――。

一話「傷心旅行というわけではないけれど」

『彩羽《いろは》〜！　次はこっちお願い！』

左耳につけたイヤホンからの呼びかけに、

「はーい！」

天沢《あまさわ》彩羽は元気よく返事をして、テーブルの上を布巾で拭いた後、いそいそと厨房へと向かった。

ここは二月の極寒ニューヨーク。

母方の叔母、弓子《ゆみこ》が経営する高級割烹《かっぽう》『とみ田《た》』は、ワシントンスクエアから徒歩五分とかからない、ウェストヒューストンストリートの一角にある。座席はメインのテーブル席が六つ、L字型のカウンターには十人座ることができ、さらに個室が四部屋もあるのだが、人気店のため常に満員御礼だ。

（せめてパンツだったら、もっと早く往復できるのになぁ……）

彩羽が身に着けているユニフォームは、現代向けにアレンジされた花柄と格子柄のセパレート着物だ。ポケットがついた真っ白なカフェエプロンを着けるのがお約束で、非常にかわいらしい装いなのだが、いかんせん機動力に欠けるところがある。

たった十日程度のアルバイトなのだから、白いシャツに黒のパンツでいいのではと思ったが、弓子からは『こういうのは風情《ふぜい》が大事なのよ』と却下されてしまった。

（まぁ、それもそうよね。いいお値段を取るわけだし）

合理性より風情が勝ることはあるはずだ。彩羽自身、悲しいかな、自分のことを『情緒のないつまらない女』だと自覚しているので、そこは素直に受け入れている。

「戻りました～！」

長い髪を後ろで編み込んだ彩羽が、戦場のように忙しい厨房に顔を出すと、

「あ、来た来た、彩羽。これ『萩の間』のお客様のお酒だからよろしく～！」

和服姿の女将が美しいガラスの酒器をのせた盆を差し出す。

夜会巻きに小紋の着物を身に着けた彼女が、割烹『とみ田』のオーナーだ。

彩羽は十日ほど前から、叔母である弓子の家に居候をしており、その対価として店の手伝いをしている。経済学部卒業の彩羽の英語力は、あくまでも義務教育程度だ。流暢《りゅうちょう》な会話ができるほどではない。とはいえ基本的に日本《にほん》のお客様の席を担当しているので、今のところそれほど苦労はなかった。

「『萩の間』了解です」

彩羽はこくりとうなずいて、くるりを踵《きびす》を返す。

「それが終わったらすぐに戻ってきてね！」

「はーいっ！」

弓子の急《せ》かすような声を聞いて、彩羽は急ぎ足で厨房を飛び出した。

店内の席はほぼ満席で、ヘルシーな日本食を愛するニューヨーカーで埋まっている。器用に箸を使い、食事を楽しんでいるようだ。

それにしても、このやりとりを今日はいったい何度繰り返しただろう。金曜の夜ということを差し引いても、忙しすぎる気がする。

（まぁ、気が紛れて助かるけど……。なにもかも、日本と全然違うし。なんだか夢を見ているみたいだし……）

そんなことを思いつつ、盆を両手に持ったまま、彩羽は『萩の間』へと向かう。

「ここね……」

『萩の間』と小さく書かれたプレートをチェックして、

「Thank you for waiting.」

部屋の中に呼びかけて、それから障子を引いた。

座席は畳ではなくテーブルと椅子だが、掛け軸があったり生け花が飾られていたりと、和風にまとめられている。部屋の中には身なりのいいスーツ姿の男性が六人ほどいて、彩りのいい料理を前にして、盛り上がっていた。どうやら日本企業にお勤めのビジネスマンたちらしい。

彩羽は手早く空いた食器を引きつつ、日本酒の入った酒器とグラスをテーブルの上にのせようとしたのだが、

「ねぇねぇ、お姉さん。ニューヨークは寒いねえ。よかったらお酌《しゃく》してくれない？」

いきなり手首をつかまれて、仰天してしまった。

年の頃は六十手前くらいだろうか。男の暴挙に、一瞬で軽く殺意を覚える。

（ニューヨークが寒いのとお酌に、いったいなんの関係が……？）

今でもこういうおじさんがいるのかと、ピキピキとこめかみのあたりがひくついたが、顔には出さずににっこりと微笑《ほほえ》む。

「申し訳ありません、そういったサービスは……」

そっと手を振り払おうとした瞬間、

「女性の手をつかむなんて、とても失礼なことですよ」

テーブルを挟んだ向こうから伸びた大きな手が、彩羽をつかんだ男性の手を、あっという間に引きはがす。

どうやら正面のテーブルに座っていた若い男性が、助けてくれたようだ。

明らかに彼のほうが年下で注意しづらいだろうに、その動作にはまったく躊躇《ちゅうちょ》がなかった。

「あ……すみません……」

制止を受けて、中年男性は慌てたように若い男性に頭を下げる。

（若い人のほうが立場が上なのかな）

露骨な態度の変化に、謝る先が違うだろうとモヤモヤしたが、とりあえず彼の機転に助けられたのは間違いない。

「失礼します」

彩羽はぺこりと頭を下げて、目線を下げたまま、そそくさと萩の間を後にした。

（助かった……）

アクシデントに心臓がドキドキしたが、まだ仕事の途中だ。こんなところで立ち止まっている暇はない。

ふうっと息を吐き、急いで戻ろうと一歩踏み出したところで、

「待って、彩羽」

と名前を呼ばれた。

「え？」

振り返るとそこには、さきほど自分を助けてくれた男性が立っていて――。

その姿をはっきりと確認した瞬間、彩羽は頭に雷が落ちたような衝撃を受けた。

「え、ま、まさか……ど、堂島《どうじま》くん？」

堂島千秋《ちあき》――。

衝撃すぎて、目の前に立っている彼をうまく認識できない。

まるでVRでも見ているかのようだ。声が震えて二の句が継げない。

(日本から遠く離れたニューヨークで、彼と再会するなんて、そんなこと、ある……？)

だが、彩羽の唇からこぼれた言葉を聞いて、

「なんだ。俺のこと覚えてるじゃん。無視すんなよなぁ」

堂島千秋は切れ長の目を細めて笑うと、背後でドアを閉め、長身の体をかがめるようにして、彩羽の顔を覗《のぞ》き込んできた。

ふわりと、学生の頃使っていた香水とは違う、少しウッディな香りが鼻先を漂う。

少しだけ波打った、艶《つや》のある黒髪が額からこぼれ落ちて、その奥から切れ長の奥二重の瞳がきらめいている。

彼は人より黒目が大きくて、とても印象的な瞳を持っている。そのどこか物憂げに見える眼差しのせいで、昔は『魔性の男』とも呼ばれていた。

そう、昔から──彩羽もずっと思っていた。

(ムカつく男だけど、きれいな目をしているって……)

「……彩羽？」

千秋が軽く首をかしげる。

当然のように名前を呼ばれて、心臓がきゅっと締め付けられる。動揺を知られたくなくて、彩羽はぎこちなく微笑んだ。

頬にかかる髪を指で耳の後ろにかけながら、

「あ……ううん。びっくりして。無視したわけじゃないよ。本当に久しぶりだったから、気づかなかったの」

当たり前のようなことを口にして、彩羽は視線をさまよわせた。

千秋の顔を見て話せない。どんな顔をしたらいいか、わからなかった。

(私、普通に話せてる……？)

昔、もし堂島千秋にばったり会うことがあったら、どんなふうに話したらいいだろうかと、何度も妄想した。だが社会人として働き始めて数年経ったくらいで、そんな夢のようなことを考えることはしなくなった。仕事が忙しくなったのもあるし、恋人ができたせいもある。

恋人でもなく、友達というほど親しくもない男性のことを、いつまでも考えるのは間違っている。恋人がいるからには、その人のことだけを考えるのが誠実であると、彩羽は思っていたのだ。だからこの状況はまさに『青天の霹靂《へきれき》』で『寝耳に水』だ。

頭は真っ白だし、さっさとこの場から立ち去ればいいのに、足に根が張ったように動けない。過去、あれほど考え抜いた言葉も、なにひとつ出てこなかった。

「そうか」

そんな挙動不審ぎみな彩羽とは違い、千秋は余裕のある態度でクスッと笑って、目を細める。

他人に強い印象を与える切れ長の目が、すうっと細くなるのを見て、ふと、笑い方は変わってないな、とそんなことを感じていた。

今でも覚えている。千秋と最後に会ったのは、大学卒業を間近にした六年前だ。あの頃はまだ少しだけ幼さが頬のあたりに残っていたはずだが、今は大人の色気と硬質な男らしさが増しているように見える。

「あの……」

どうしたものかと千秋の顔をじっと見上げると、

「悪い、お客さん待たせてるから。連絡して。何時でもいいから、待ってる」

彼は濃紺の三つ揃《ぞろ》いの上着の中に手を入れ、名刺を取り出し彩羽に差し出した。

「あ……うん」

勢いで、目の前に出された名刺を受け取ってしまった。

「じゃあまた」

彼はひらりと手を上げて、『萩の間』へと戻っていく。

たったそれだけの動作だが、優雅で美しい。まるでワルツのターンでも見せられた気がした。

あれが本物の気品というものなのかもしれない。

(びっくりした……)

貴公子然とした千秋の残像がまだそこにあるような気がして、彩羽は何度か瞬きを繰り返して動けないままだった。


「ええ〜！　彩羽って堂島さんとお知り合いだったの⁉」

閉店後、店からほど近いところにあるアパートメントに戻った彩羽が、Tシャツにスウェットで名刺とにらめっこしていると、弓子に目ざとく発見され、千秋から名刺をもらったと打ち明けざるを得なくなってしまった。

本当は名刺なんかすぐに捨ててしまうべきだったのに、それができなかった自分が悪い。

「高校と大学が一緒だったの……同級生なんだ」

外気はマイナスだが、部屋の中は十分に暖められている。

彩羽は名刺をローテーブルの上に置いて、ソファーの上でスウェットの膝を抱えた。

「まーっ、そうだったのねぇ〜」

弓子はお風呂上がりの濡れた髪をゴシゴシとタオルで拭きながら、隣に腰を下ろし名刺を手に取る。

「堂島千秋。北米堂島商事ニューヨーク本社のエグゼクティヴ・ディレクター……。彼、彩羽と同い年でしょ？　っていうことは二十八？　ありえない若さだけど、彼が堂島グループの御曹司ならさもありなんね」

堂島グループは、旧堂島財閥を前身とする一大グループだ。銀行、商社、不動産ディベロッパーなど、その関連企業は多岐にわたる。現社長の堂島恵一《けいいち》には優秀な息子が何人かおり、千秋もそのうちのひとりだった。息子たちは堂島関連の企業で要職を務め、世界中を飛び回っているのだとか。

「この名刺って、連絡してくれってことなんでしょ？　もうした？」

ウキウキした表情で顔を覗き込んでくる叔母の顔は、好奇心で輝いている。

弓子は四十を過ぎているのだが、昔から姪っ子の恋愛沙汰に興味津々なのだ。恋多き家系に生まれたはずなのに、彩羽が一族の中で若干浮いているのを面白がっている節がある。

「するわけないでしょ……」

彩羽がはぁ、とため息をつくと、弓子は信じられないと言わんばかりに目を見開き、ぷるぷると体を震わせた。

「ええ～っ、なんでぇ!?　新しい恋をするチャンスじゃないのぉ～！　失恋には新しい男よっ、それしかないのよっ！」

「し、失恋とかそんなはっきり、言わないでもらっていい!?」

改めて旅行の目的を突き付けられて、彩羽の耳は真っ赤に染まった。

だが弓子は引き下がらない。真剣な表情で言葉を続ける。

「でも失恋旅行でニューヨークに来たんでしょ？　彼氏に振られたからって発作的に会社まで辞めて、いきなりうちに来たんじゃない」

「振られたんじゃないです、私が振ったんです〜」

負け惜しみっぽいイントネーションを感じ取ったのか、

「おかしいわね。振ったほうが会社辞めるなんて」

「くうっ……」

弓子の素直な疑問が、グサグサと彩羽の柔らかいハートに突き刺さる。

「だ……だってムカついたんだもん！　同じ空気を吸うのも嫌になって！」

彩羽はクワッと目を見開いてソファーから立ち上がると、ふんふんと鼻息荒くキッチンカウンターへと向かった。

「ムカついたって……」

そこには苦笑しながらコーヒーを淹《い》れている、弓子の夫の姿があった。

「和彦《かずひこ》さん、笑わないでください。ほんと、私の元カレ最悪なんですから……」

彩羽は唇を尖らせマグカップにコーヒーを注いでもらいながら、力いっぱいため息をつく。

「三年も付き合ったのに……入社一年目の女の子に乗り換えたんですよ。こっちはそろそろ結婚も視野にって思ってたのに」

「それはひどいね」

和彦の穏やかな同意に、彩羽はがっくりと肩を落とした。

「ですよね～。はぁ……私ってなんでいつもこうなんだろう」

口に出すと、今でも胸がぎゅうっと締め付けられて苦しくなる。

それはたった数週間前の出来事だった。

金曜日、いつものように仕事を終えた彩羽の部屋にやってきた恋人は、彩羽が作った食事をペロリと平らげた後、

「ほかに好きな人ができたから別れてほしい」

と言い放ったのである。

一瞬、なにを言われたかわからず、ぽかんと口を開ける彩羽の前で、彼はつらつらと、

「お前、仕事が忙しいってばっかりで、全然俺に構わなかっただろ？　そういう時にさ、妹みたいに思っていた後輩に頼られて……いや、ほんと、女だとは思ってなかったんだ。だから驚いたんだけど、俺のこと好きだって言う彼女見てたら、ほだされちゃってさ。そういう関係になってしまって。頼られたら見捨てられない俺の難しい立場、わかるよな？」

なぜかかっこよさげに目を細められて、その瞬間、彩羽は百年の恋も冷めてしまった。

「なにかっこつけてるの。妹とセックスはしないでしょ！」

そして彩羽は可及的速《すみ》やかに恋人を部屋から追い出し、彼の私物をまとめて着払いで送り、職場もさっさと辞めて、ひとりで住んでいた部屋を引き払い実家に戻ったというわけだ。

強気に振る舞ったとはいえ、傷ついていないわけではない。

少なくとも第一志望で入社した、大手不動産会社を辞めるくらい、落ち込んでいた。

そして彩羽はいてもたってもいられなくなり、そのままの勢いで、大学の卒業旅行以来、一度も海外に出たことがなかったのに、ニューヨーク行きの飛行機に飛び乗ったのである。

（本当に、こんなの私らしくない……）

彩羽は昔から、恋愛体質で奔放な母や兄を見て育ち、自分はこうなるまいと思って生きていた。他人に人生を握らせるのではなく、自分の面倒は自分でみるのだと決意し、ひたすら勉学に励んできた。なんのとりえもない自分でも、努力でなんとかできるのが『勉強』だったからだ。

とはいえ、まったく恋愛をしてこなかったわけではない。

母が選ぶような男だったり、兄のような男を選ばなければいいのだと、いかにも真面目そうな、実直そうなタイプを選んできたつもりだ。

それが安定した幸せを手に入れられる、唯一の手段だと思っていた。

それでもうまくいかない。過去の男たちには、浮気もされたし、借りたお金も返さない上に、暴力を振るう男もいた。そのたびに彩羽は深く傷つき、落ち込んできた。

なにも考えていないように見える母や兄のほうが、よっぽど幸せそうに見える。

結局、自分は不器用なのだろう。うまくやれているつもりでも、そうではないのだ。

『彩羽ちゃんは頑張りすぎなんだよ。たまにはゆっくりしておいで』

と、母と兄は笑って見送ってくれたが、素直に喜べなかった。

(私、強がってるのがバレバレなんだろうな)

弓子だって、その夫である和彦だって、なんだかんだと彩羽のことを気遣ってくれている。

早く元気にならなくちゃと思うが、なかなかそれも難しかった。

「だからね、そこで新しい恋だって言ってるのよ〜。彩羽はこんなに美人さんなんだから、もったいないわ」

「美人って……身内の欲目だから」

そんなお世辞を本当の美人に言われると、むなしいばかりだ。

「そんなことないわよっ。さらっさらつやつやの黒髪に、お豆腐みたいに真っ白でなめらかな肌……柴犬みたいなお目目に、ちっちゃくてかわいい唇……！　そう、日本人形みたいでかわいいわよっ！」

弓子がプンスカしながら近づいてきて、そのまま夫の和彦にもたれかかる。

「ね、和彦。私の自慢の姪っ子は美人よねっ？」

「うん。おまけに働き者で努力家だ。彩羽さんはとても素敵な女性だよ」

そしてふたりはニコニコと彩羽に向かって微笑んだ。

からかっているのではなくたぶん本気でそう思っている、そんな雰囲気が伝わってくる。

（日本人形……お豆腐……）

幼い頃、なりたかった自分は、どちらかというと弓子や母、兄と同じような西洋人形だ。大輪の薔薇《ばら》のように華やかで、誰もが思わず見とれてしまうような、そんな魅力が欲しかった。ないものねだりと言われようとそれは変わらない。

（まぁ、私はお父さん似だから、仕方ないんだけど……）

彩羽ははぁ、とため息をつく。

母は二度の結婚と離婚を繰り返し、現在は独身だ。彩羽は二番目の夫の娘で、兄は最初の夫の息子である。誕生日から逆算すると、なんとなくかぶっているのでは？　と思わなくもないが、当時の民法では、女性は離婚して半年しないと再婚できなかったのだ。とはいえ、離婚した今でも全員と交流があり、歴代の父親も一堂に会して食事もする。

彩羽の実の父は国家公務員で、母や兄からは『実直なところは父親似』と言われてもいた。

「お豆腐は褒めてないんで」

「ええ～！」

不満げに軽く頬を膨らませる弓子だが、これ以上言っても仕方ないと思ったのか、軽く肩をすくめる。

「でもまぁ、時間が解決してくれるって言うけど、そんないつまでもちんたら傷ついていられないわよ。失恋には新しい恋よっ」

弓子はそう言って、隣の和彦を色っぽい眼差しで見上げる。

「私もそうだったしね？」

「そうだねぇ。君は離婚したばかりでとても傷ついていた。ぼーっとしている僕は、あっという間に篭絡《ろうらく》されてしまったよ」

「あらやだー！」

弓子はキャッと頬を染めて、両手で頬を挟み込んだ。

「はいはい、ごちそうさまです……」

叔母夫婦のいちゃいちゃを見て、彩羽はがっくりと肩を落とす。

和彦は弓子の二番目の夫で、五つ年下のグラフィックデザイナーだ。落ち着いた芸術家のようなタイプで、おっとりした雰囲気のいい人でもある。

彼の言うとおり、三年前、弓子は最初の夫と離婚した直後に店の客である和彦と出会い、そこから熱烈な恋に落ちて結婚したのだ。

「でも、堂島くんと恋愛なんか無理だよ」

彩羽はカウンターキッチンの椅子に腰を下ろす。

「どうして？」

弓子が不思議そうに首をかしげた。

「彼、天は二物を与えずどころか、三物も四物も持ってるの。当然めちゃくちゃモテるし、付き合ったって、うまくいくはずないじゃない」

「あらあら……もったいない」

「もったいないです。それに……」

堂島千秋は——。

ふと、彩羽の脳裏に大学生時代の千秋の姿が浮かぶ。

彼はいつだって、光の中心のように輝いていた。世界の中心だった。

そしてその眩《まぶ》しさが、彩羽は苦手で——羨ましくて。

もしかしたら憎んですらいたのではないだろうか。

今思えば、半分は八つ当たりなのだが。

「彼は、なに？」

弓子が不思議そうに首をかしげる。

「ううん……なんでもない」

彩羽はニコッと笑うと、弓子が持っていた名刺をサッと取り上げたのだった。


ニューヨークの冬は極寒だが、集合住宅の中はとても暖かい。外気に合わせて建物の中の温度が決められているらしく、建物全体が二十度以上に暖められている。外が雪景色でも、家の中は半袖Tシャツで過ごせるくらい、暖かい。

「おやすみなさい」

彩羽は先に眠る叔母夫婦に挨拶をしてからシャワーを浴び、ベッドに潜り込んでゆっくりと目を閉じる。遮音性が高いアパートメントだが、窓に面した客間のベッドにじっと横たわっていると、窓の外から雨の音が聞こえてくる。

（なんだか頭がふわふわして、まだ夢を見ているみたい……）

鼻先に千秋の使っている香水の香りが蘇《よみがえ》る。そんなはずはないのに、手を伸ばせば彼がそこにいる気がした。

とにかく今日の体験は、ニューヨークに来てから一番のショックを、彩羽に与えたと言っても過言ではなかった。まだ胸がドキドキしているし、うまく息が吸えなくて苦しくなる。意識して深呼吸しないと寝るのも難しい。

ニューヨークに来てもう十日が過ぎている。

アルバイトをする以外の時間は、美術館に行ったり、セントラルパークを散歩したり、弓子に付き合ってショッピングをしたりと、それなりにニューヨークを満喫したのだが、やはり気分は晴れなかった。

弓子からは『ずっとここにいてくれていい』と言われたが、さすがにいつまでも甘えてはいられない。今日の『堂島千秋との再会』は、そろそろ帰国しようかな、と思っていた矢先のことだったのだ。

（学生の頃もすごかったけど、また、ものすごくキラキラしてたな……）

当たり前のように、瞼《まぶた》の裏に彼の姿が浮かぶ。

オーダーメイドに違いない、深い紺の三つ揃いのスーツで長い手足を包んだ千秋は、百八十を優に超える長身なのに、粗暴さが微塵《みじん》もない、優雅なたたずまいをしていた。

名刺を差し出す仕草ですら優美で、おそらく彼を見て素敵だと思わない女性はほぼいないのではないだろうか。

艶のある黒髪は少しだけ波打ち、鼻筋は細く高く、まっすぐで形がいい。唇は引き結ぶと頑固そうに見えなくもないが、口角はやんわりと持ち上がっていて、体は大きいのに人に警戒心を抱かせない、そういう雰囲気がある。

そしてなにより印象的なのは彼の目だ。

現代最高の彫刻家が、丹精込めて鑿《のみ》を入れたような切れ長の奥二重をしていて、瞳はまるで碁石のように真っ黒で大きい。

堂島千秋自身は、軽い口調やノリの良さも相まって、からりと陽気な雰囲気があるのに、彼の目はいつもどこか物憂げなのだ。それがまたアンニュイな魅力として女心をくすぐると、昔から評判だった。

『魔性の男』とも呼ばれていたはずだ。

（そこに大人の色気なんて足されてしまったら、もう普通の女は勝てないわよね……）

彼はたぶん生まれ落ちた時から、ずっと特別な存在だ。きっとこれからもそうなのだろう。世界は彼を中心に回っていくし、自分を含めた平凡な人間は、つい彼を目で追ってしまう。たとえ、彼が振り向くことがなかったとしても――。

「ムカつく……」

これは堂島千秋にムカついているのではない。六年ぶりに再会した彼に、昔のように振る舞えなかった自分に腹が立っているのだ。

「――はぁ」

彩羽はむくっと起き上がると、枕元で充電していたスマホと名刺を手に取り、ベッドの上でスウェットの膝を抱えた。

名刺とスマホを交互に見つめる。緊張のあまり心臓がドキドキと鼓動を打ち始めて、息苦しくなる。

（かけてみようか……）

千秋は『何時でもいいから、待ってる』と言っていた。彼がそう言うのなら、きっと本当に待っている。そんな気がする。

弓子には連絡しないと言ったが、本当は自分がやるべきことはわかっていた。

千秋と話すべきことが自分にはある。

（六年前は諦めてしまったけど、こうやって遠いニューヨークで会えたんだもの。これは二度となりチャンスかもしれない……)

彼は北米堂島商事のエグゼクティヴ・ディレクターで、ニューヨーク在住だ。これを逃せば、直接話をする機会などもう二度と訪れないだろう。

彩羽はこの六年間、ずっと喉に突き刺さった小骨のように、あの夜のことを後悔し続けてきた。失恋のついでというわけではないが、清算するなら今しかない。

「よしっ」

思い切って名刺に書かれた千秋の携帯番号をタップする。プププ……と呼び出し音が鳴り始めたその瞬間——。

『Hello』

と、耳元で甘く涼しげなテノールが響いた。

千秋だ。六年前と変わらない。この声を忘れるはずがない。

「っ……」

電話をかけたのは自分なのに、一瞬、息が止まりそうになる。

(どうしよう……頭が真っ白だ)

喉がぎゅうっと締め付けられる。

『——もしかして彩羽?』

数秒の間があって、こちらの様子を尋ねる言葉は、日本語だった。そこでようやく彩羽はハッと我に返る。

「うん……ごめんね、こんな夜遅くに」

なにげなく壁にかかっている時計を見ると、夜の十一時を過ぎていた。

『何時でもいいって言ったのは俺だからな。かかってくるだろうと思って待ってたし』

電話の向こうで椅子から立ち上がるような、衣擦《きぬず》れの音がする。

「自分の家にいるの？」

『いや、ホテル。日本式の接待を終えてそのまま、な』

「そう……」

やはりあの場は接待だったらしい。少し会話をしたことで、彩羽の気持ちも少しだけ軽くなっていた。

（よし、言え、言うんだ！　天沢彩羽、勇気を出せ！）

彩羽は己を叱咤《しった》激励しながら、ぎゅうっとスマホを握り締める。

「あのね、堂島くん。私っ……」

『あの店でいつから働いてたんだ？』

だが千秋がさらりと質問を挟んでくる。

「えっ？　ああ……えっと……『とみ田』は叔母さんのお店なの。十日前にニューヨークに来て、それで滞在費代わりに働いてるだけよ」

『身内？　マジか……。会社でたまに使ってたんだけど、全然知らなかった』

電話の向こうで千秋が驚く顔が目に浮かんだ。

「そんなの仕方ないよ。おばさん――弓子さんだって、堂島くんが私の同級生だったこと知らなかったんだから」

『そうか。でもお前がニューヨークに住んでるなんて思わなかったな。すごい偶然だ』

電話の向こうの声が弾んでいる。こんな自分でも会えて嬉しいと思ってくれているのだろうか。そう思うと少しだけ気が楽になる。

「あ、違うよ。もう私、日本に帰るの。遊びに来てただけだから」

『えっ……』

「だから――すごくびっくりしたけど、帰る前に、あそこで堂島くんに会えてよかった。私、ずっと謝らなくちゃって思ってたから……六年前のこと」

口に出した瞬間、自分の声が少しだけ震えた気がした。

ふたりの間に沈黙が流れる。電話だからどんな顔をしているかわからない。だがその沈黙を破ったのは千秋のほうだった。

『――彩羽、今から会えないか』

彼の声は少し強張っていた。

「え？」

『俺、まだアルコールが残ってるから……とりあえず迎えの車をやる。そこ、どこ？』

「あの」

『俺に謝りたいって言うんなら、顔を見て話したい』

「それは……そうだね」

迷ったが、電話で済ませたくないという千秋の気持ちも、わからなくもない。

彩羽はベッドから下りて、手帳に書きつけていた叔母のアパートメントの住所を告げる。

『わかった。少し待ってて』

「――うん」

そして慌ただしく、通話は切れてしまった。

とりあえずスウェットを脱いでデニムに穿《は》き替える。パジャマ代わりに着ていたTシャツの上に、緑色の丸首のセーターを着てコートを羽織った。

まだかまだかとドアの前でウロウロしながら待っていると、千秋からアパートの下で車が待っていると連絡があった。

こんな時間にひとりで外に出るのは初めてだ。電話を切って、緊張しながらアパートメントのセントラルホールに降りると、常駐のドアマンであるアンソニーが彩羽の姿を見てニコニコと微笑む。

彼は六十代のラテン系の男性で、彩羽が英語に不慣れなことをわかっていて、ゆっくりとしゃべってくれる。

『こんな時間にお出かけかな？』

『友達と会うのよ。迎えが来てるの』

彩羽も身振り手振りをくわえながら、返事をした。

『気を付けて。よい夜を』

『ありがとう。アンソニーもね』

アパートメントのドアを開けると、ニューヨーク中でよく見るタクシーではなく黒塗りの日本車が停車していた。

彩羽の姿を見て運転席からスーツの男性が出てくる。おそらく日本人で、年の頃は四十代くらいだろうか。白い手袋をして姿勢がいい。

「天沢彩羽様ですね。お迎えにあがりました」

「ありがとうございます」

彩羽がペコッと頭を下げると、彼も陽だまりのように優しい笑みを浮かべ、後部座席のドアを開ける。

今日のニューヨークはマイナス五度だったが、いつの間にか雪が雨に変わり、歩くたびにアスファルトはビシャビシャと音を立てた。

「すみません、車を汚してしまったかもしれません」

恐縮しながら後部座席に乗り込むと、彼は「こういう天気ですから、お気になさらず」とニッコリと笑ってくれた。いかにも重役が乗る車といった感じだが、千秋が通勤で使っているものなのかもしれない。

申し訳ないなと思いつつ、後部座席の端っこにちんまりと腰を下ろした。

「出発いたします。十分ほどで着きますので」

「はい」

千秋は堂島家の御曹司として、毎日この車に乗って出勤しているのだろう。

（学生の時以上に、格差を感じるなぁ……）

高校生の時は、兄と似た、その華やかさで人を惹きつけずにはいられない魅力を恐ろしく感じていた。

大学生になってからは、数年後には社会に出るのだというプレッシャーから、堂島千秋という人間が、どこか架空の人物のように思えて、自分からは近づかないようにしていた。

（私には荷が重すぎる人だと、思っていた……）

それから車は音もなく走り始めて、美しいホテルへと到着した。

徒歩圏内にエンパイアステートビルや展望台がある、五つ星ホテルだ。車が正面入り口に停車すると同時に、エントランスからスーツ姿の千秋が小走りで近づいてくるのが見える。

「彩羽、無理を言って悪かった」

千秋は少し早口でそう言うと、降りてきた運転手に「ありがとう」と微笑みかけ、そのまま彩羽の手を取って踵を返す。

「わっ……」

いきなり手を取られた彩羽は慌てつつも、引きずられるように豪華なエレベーターに千秋と一緒に乗り込み、そのまま高層へと連れて行かれてしまった。

千秋が滞在していた部屋は、当然のごとくスイートのあるフロアだった。廊下を歩いていたコンシェルジュが、千秋と彩羽を見て上品に微笑む。

(私、ものすごい場違いなのでは……?)

着替えたとはいえ、ロングコートの下は、ほぼ部屋着だ。車同様、濡れた靴が美しい絨毯《じゅうたん》を汚さないか、そんなことばかりが気になってしまう。だが千秋はそんなこともまったく気にしていないようで、さっさと彩羽を部屋の中に押し込んでしまった。

「悪かったな、強引に呼び出して」

千秋はそう言って、スタスタと部屋の中に入ると、奥にあるバーカウンターで美しいグラスにウイスキーを注ぐ。

「とりあえず、飲むか？」

「そうね……飲む」

こくりとうなずくと千秋は笑って、ふたつのグラスに三分の一ほどウイスキーを注ぎ、グラスを持って窓際のソファーへと向かった。

ソファーはそれぞれの、ひとりがけだった。彩羽が着ていたロングコートのボタンに手をかけると、自然に千秋が背後に回ってコートを脱がせる。彼の視線を感じて、うなじのあたりがチリチリとけば立つ。

（意識するな、私……！）

表情をつくるために彩羽は大きく深呼吸をすると、

「ありがとう。かけなくてもいいわ。すぐに帰るから」

と、コートを受け取ってソファーに腰を下ろした。

『すぐ帰る』という彩羽の言葉を聞いて、千秋は一瞬目を細めたような気がしたが、理由はわからない。

黒い革製のソファーはおそろしく座り心地がよく、腰を下ろすだけで体全体を包み込むような安心感があった。一流ホテルのスイートに置かれる家具だ。きっと目玉が飛び出るような値段がするのだろう。そんなことを考えながら、正面の千秋を見つめる。

「えっと……とりあえず乾杯する？」

あまりにも急展開で、少しでも無言になるのが怖かった。焦りをにじませた彩羽の問いかけに、千秋はふっと目元を緩ませうなずいた。

「俺たちの再会に乾杯」

ちょっとグラスを持ち上げただけなのに、絵になる男だ。

「乾杯……」

再会を喜ぶ気持ちが、千秋にあるのだろうか。それが少し不思議だったが、改めて問いかけることはできなかった。

（そんなに深い意味はないかもしれないし）

グラスを持ち上げて、彼のそれに触れ合わせる。

（それにしても、なんて絵になる男なの……）

間にテーブルを挟めばそれなりに距離があるので緊張しないかと思ったが、正面に座るスーツ姿の千秋とニューヨークの夜景が相まって、まるで一枚の絵画のように見えた。

あまりにもゴージャスで見とれてしまう。

正直言って、彩羽は美形を見慣れている。

彩羽のひとつ年上の兄は、赤ちゃんモデルでデビューして以来、芸歴は脅威の二十八年。モデル、子役を経て現在は俳優として活躍し、それなりに売れている芸能人だ。

生まれてこの方ずっと、最高に顔のいい男を近くで見ていたので、少々の美形にはたじろいだりしない。

なにより彩羽の男の好みはいかにも『地味』なタイプだった。

華やかなタイプよりも、落ち着いた雰囲気を好む。常にスポットライトの中心にいる、兄や堂島千秋とは対極にいるような男性を選んで付き合ってきた。

だが堂島千秋という男は、そういう彩羽の好みだとかを吹き飛ばすような、非の打ちどころがない『本物』で、見る者を圧倒させる力があるのだ。

（さっさと自分から話をしよう……いつまでもここにいるわけにはいかないし）

このまま彼を見続けていたら、現実に戻れなくなりそうだ。

彩羽はグラスを口元に近づけ、ほんの少しだけウイスキーを口の中に含む。パチパチとはぜる焚火《たきび》のような、森の奥深くの清流で育つ苔《こけ》のような、不思議な香りがふわりと漂った。

自分にはもったいないくらい上等なウイスキーだな、と思いながら、単刀直入に口を開く。

「あのね、電話の続きなんだけど……。六年前、ひどいこと言って、ごめん。それをずっと謝りたかったの」

「ひどいことって……あぁ」

千秋が少しだけ遠い目をして、それからグラスの中身を呷《あお》るように飲み干し、テーブルに置く。

「セックスした後に、俺が『付き合おう』って言ったら、『あんたみたいな女の敵と付き合うなんて、天地がひっくり返っても絶対にイヤ』って答えて、俺の携帯を着信拒否したことか」

「っ……」

千秋の形のいい唇からこぼれた発言に、全身がぎくりと震えた。

正直言って、六年前の発言を千秋が一言一句覚えているとは思わなかったが、これは自分が千秋を傷つけてしまったという証明でもある。彼の言ったことはすべて真実だ。

『あんたみたいな女の敵と付き合うなんて、天地がひっくり返っても絶対にイヤ』

そして千秋からの連絡を一方的に拒絶した。なにひとつ間違っていない。

今更弁解の余地はないが、やはり謝ることしかできない。

「うん……そう。本当にごめんなさい」

彩羽はゆっくりとグラスをテーブルの上に置き、ソファーの上で座りなおす。

「今更なにを言っても言い訳になるけど、あの時の私はかなり自暴自棄だったの」

「もちろん覚えてるさ。二年も付き合ったセンパイを後輩に寝取られたんだよな。それで彩羽はヤケクソになって俺に抱かれたんだよな？　センパイへの当てつけで」

「うっ……」

彼の言葉は百パーセント事実なのだが、本当に痛すぎる。

ちらりと目線を持ち上げると、千秋はソファーに優雅に肘をついて、ニヤニヤと笑っていた。

「そこで笑う？」

「まぁ、俺も傷ついたんだぞ。凹《へこ》んでる彩羽を見てニヤつくことくらい許してほしい」

「怒ってないの？」

「もう怒ってないよ」

昔は怒っていた、ということか。

（でも、それも当然よね）

当時の――というか、堂島千秋という男を知ったのは高校に入ってからだが、彼は女関係が派手なことで非常に有名だった。

徒党を組むような不良でもヤンキーでもなかったが、頭はド金髪だったし見た目も派手、制服は着崩して校則は破りまくり、学校にもあまり来ない。目立つから歩いているだけでしょっちゅうケンカを吹っ掛けられているとか、一時期は少し悪いグループとも付き合いがあったと噂で聞いている。

とにかく自分のような、真面目一直線でなんの面白味もない生徒とはまったく違う、陽キャの頂点のような男だった。

だから自分と寝たところで、彼はなんとも思わないだろうと思っていたのだが、そうではなかったらしい。その点において決めつけはよくなかった。

雰囲気に流されてしまったのだろうが、千秋は『付き合おう』と言ったのだから、あの時はきちんと『ノー』と言えばよかったのだ。

彩羽は深呼吸をして、目の前の千秋を見つめる。

（天地がひっくり返っても絶対にイヤ、は失礼だったわ、本当に……）

彼は許してくれている雰囲気で、今更かもしれないが、それでも伝えておきたかった。

「私、卒業前に謝ろうって思ってたんだ。あなたのことを利用して、ごめんなさいって……でも」

口ごもる彩羽を見て、

「俺、留学準備のあれこれで、もう日本を離れてたもんな」

と、千秋はどこか困ったように微笑んだ。

「うん……」

そう、さすがに言い方が悪かったと、謝りたいと思った時、千秋は日本にいなかった。

大学生の頃はつかず離れずのおかしな距離を保っていたはずなのに、あっという間に視界から消えてしまった彼のことを、彩羽はいつまでも覚えていた。

いや、忘れられなかったのだ。いつまで経っても、ただ一度寝ただけの千秋を忘れられなかった。思い出さないようにしていたのに、その後何年も、高校や大学の同級生との会話で千秋の名前が出るたび、心臓がキリキリと痛くなった。

『そういえば、堂島くん卒業式にも来てなかったよね。彩羽はなにも聞いてないの？』

『友達って言えるほど仲がよかったわけじゃないから』

なんとも思ってないと言わんばかりの笑みを浮かべる自分の顔は、間違いなく引きつっていたはずだ。

友達とも思っていなかった彼を利用したのは自分。

傷ついた自分の慰めに千秋を利用した。

(何度も忘れようとしたのに、まさかニューヨークで再会するなんて……)

あんなことをしたのは人生で一度きりで、己がしでかしたことになにか意味があるのか、今でもよくわからない。

「——なぁ彩羽」

「ん？」

彩羽が首をかしげると同時に、千秋はソファーから立ち上がる。そしてふたりの間にあるガラステーブルに手をついて、こちらの顔を覗き込んできた。

「俺とのセックス、よくなかった？」

ふわりと鼻筋に千秋の香水が香る。胸の真ん中がぎくりと縮み上がる感覚があった。

「そっ……そんなの……もう覚えてないよ」

ぎこちなく視線を逸らして、窓のほうを向く。

覚えていないなんて嘘だ。

かなり飲んでいたとはいえ、なにもかも覚えている。

堂島千秋がどんなふうに自分を抱いたか——今だってはっきりと思い出せる。

彼のキスがどれだけ甘く優しかったか、そしてその端整で美しい顔に似合わないほど硬くそそり立った、凶暴なアレも――。

避妊具越しに感じた熱いほとばしりも、彼の背中に回した手のひらで感じた熱も、心と体に刻み付けられている。

(だから、すごくよかったなんて、言えない……!)

当時、彩羽を裏切った恋人が最初の男だった。それをたった一回で上書きしてしまった千秋とのセックスが、素晴らしくなかったわけがない。

その後、数人の男と付き合ったが、結局一番セックスがよかったのは千秋だ。あんなふうに溺れたのは千秋だけだった。

だが今、それを言ってなんになるというのだ。そんなこと、認めたくない。

認めたら最後、『心の伴わない体の関係を持つなんて最低』というポリシーが、崩れてしまう。生き方が変わってしまう。変化を彩羽は受け入れられなかった。

「――覚えてないんだ。そうか」

千秋はふぅん、とうなずき、軽く首をかしげる。

「そうよ……」

彼の顔を見ないまま、うなずいた。

気が付けば雨の勢いは増していて、窓ガラスに大粒の雨が叩きつけられている。雨粒越しににじんで見えるニューヨークの夜景は、カラフルでありながらどこかノスタルジックに見えて、幼い頃に見た影絵と重なった。

「それにしても、彩羽。お前、全然昔と変わってないな」

千秋の手がすうっと伸びて、彩羽の頬に添えられる。

爪先が、つつつ、と頬をなぞった。

その瞬間、今更すっぴんノーメイクでここにやってきてしまったことに気が付いて、頬が朱に染まる。頬や首筋が、千秋の視線を感じてチリチリする。

千秋を見返すことはできない。

(彼の目を見たら、またおかしなことをしでかしてしまいそう)

六年前、無我夢中で彼に抱かれた夜のように──。

二話「流されて」

生まれて十九年、天沢彩羽は慎重に生きてきた。

特に異性関係では、常に『兄のような、母が選ぶような、とにかく顔のいい男は選ぶまい』と意識してきた。

顔のいい男は百パーセント遊んでいる。まず間違いなく、女性はとっかえひっかえするし、特定の彼女を作ったとしても長続きしない。己の可能性を確かめているのだと言わんばかりに、あっちこっちの蜜を楽しむために、花々の間を飛び交う蝶のような生活を送る。

顔がよくて一途な男など、漫画の中にしか存在しないのだ。

(私はそんな男は選ばないもんね……！)

大学に入学して約半年、それなりにちょこちょこと声はかけられたが、彩羽はまだ誰とも付き合っていない。身持ちが固く、真面目で浮気をしなさそうな男を品定めしている最中だった。

(顔のいい男を選ぶなんて過ちは、絶対に犯さないわ……！)

「彩羽〜〜！」

そう――だから、仮に自分の背後から呼びかける声が、非常に魅力的に聞こえたとしても、応えてはいけない。

(はい、なんにも聞こえません～!)

正門から講義棟にまっすぐ向かっている彩羽が、ズンズンと足を前に繰り出して歩いていると、

「おい、彩羽、聞こえてるんだろ、無視するなよ～……」

後ろからちょっと情けない声で近づいてきた男が、彩羽の前にサッと回り込んで進路をふさぐ。

「お・は・よ♪」

「おはよう……堂島くん」

進路をふさがれた彩羽は立ち止まり、仕方なく挨拶を返す。

今朝の堂島千秋も、信じられないくらいキラキラと輝いて見える。

(発光してる……銀河のかなたから来た王子様なの?)

バカバカしいと思いつつ、そう思わずにはいられない。

「次の講義、一緒だよな。行こう」

千秋は、白いシャツにグレーのロングカーディガンとストレッチパンツ、レザースニーカーという、きれいめのカジュアルな格好をしていた。シンプルがゆえにスタイルの良さが際立っ

ている。彩羽もほぼ似たような格好をしているのだが、天と地の差だ。

これが素材の違いというものなのだろう。

高校生の頃は目が覚めるような金髪にピアスだったが、今は少し落ち着いた髪色に変わって
ピアスもしていない。荒れた気配も気が付けばなくなってしまっていた。

いったい彼にどんな心境の変化があったのだろう。

(まぁ、彼がどう変わったとしても私には関係ないけど)

それになにより髪が何色だろうが、この男の美貌はまったく陰ることはない。

(立ってるだけで、人の注目を浴びてるんだもの)

こういうところも、なんだか気に障《さわ》る。

「……私、ちょっと用事があって」

「なんの?」

「売店に行くだけだから」

勿論、千秋をまくための嘘である。

彩羽は軽く首を振って、自分の前に立っている千秋を避けて前に歩き出したが、

「待てよ。俺も一緒に行く」

と、腕をつかまれてしまった。

「ちょっ……」

突然のことにふらついて足がもつれる。

「おっと」

千秋が彩羽の肩を抱きとめて、そのまま腕の中に引き寄せた。その瞬間、鼻先がそのまま千秋の胸元にうずめられる。

「大丈夫？」

千秋が使っている甘い香水の香りがして、全身が心臓になったかのように、バインバインと跳ねて早鐘を打った。

「ちょっ、アレなに⁉」

「千秋くん今彼女いないって言ってたのに！」

硬直している彩羽の耳に、遠くから女の子たちの黄色い声が聞こえた。

「～～ッ！」

彩羽の顔に熱が集まる。

「離してよっ！」

この男は、ただ歩いているだけで注目の的だ。近くにいるとろくなことにならない。彩羽は両手で勢いよく千秋の胸を突き飛ばすと、そのままダッシュでキャンパスを走り抜けていた。

「あっ、彩羽！」

（うるさいうるさいうるさーい‼　なんでいつまでも私に構うのよ！　そんなに私が気に入ら

ないわけ!?)

堂島千秋が彩羽に構うようになったのは、大学に入る前、高校卒業を目前にしていた、ある日のことだった。

同じ高校といっても、彩羽と千秋に共通点はなにもない。

彩羽は高校からの編入組だが、堂島千秋はたった三十人しかいない、小学校のクラスからその学園に通っていた、本物のエリート集団のトップに君臨する男だった。

旧財閥系大企業の御曹司である堂島千秋は、常に学校の中心人物だ。存在が派手で、大きくて、とにかく堂々としている。

頭は金髪であまり授業には出ていなかったが、成績は優秀という噂だった。おまけに目を見張るような美男子だ。女子にモテないはずがない。当然、彩羽が知る『顔のいい男』と同じように、側に置く女の子は見るたびに変わっていた。

学園一の美少女から、先輩、後輩、他校の女生徒、さらに読者モデルをやっていると評判の女子大生まで、多岐にわたっている――らしい。

(なにが楽しいんだろう……)

兄もそうだが、ああやって異性にちやほやされることに、彩羽は価値を見出《みいだ》せないし、口には出さないが軽蔑していた。

だがそれも個人の自由だ。

（私に関係ないし）

そう、関係ない。どうせ高校三年間、一言も言葉をかわしたことがない相手だ。そしてこれからも接点はないに決まっている。

そう思っていたのに、彩羽は突然、千秋と縁を結ぶことになった。

あまり嬉しくない形で――だ。


「ねぇ、天沢さん、ちょっといい？」

高校卒業を目前にしたある日の放課後、ほかのクラスの女子生徒三人に呼び止められて、嫌な予感がした。

「えっと……なに？」

廊下はすでにガランとしている。周囲に人はいない。

違和感に気づかないふりをして首をかしげると、

「天沢さんが『ヒフミ』の妹だって本当？」

と、目を輝かせながら近づいてきた。

『ヒフミ』は彩羽のひとつ年上の兄で、子役出身、現在はモデルや俳優としても活躍している、タレントだ。最近は俳優としての露出が増えてきたせいか、どこから聞いてきたのか、彩羽が妹だという情報が出回ることが多くなった。

ヒフミは芸能科がある私立校に通っているが、生まれも育ちも都内なので、友人も地元に多い。隠しきれない、仕方のないことかもしれない。

(兄が『ひふみ』で妹が『いろは』だもんね。名前も似てるしさ……)

「そうだけど」

腹をくってうなずくと、彼女たちはさらにパーッと表情を明るくして、スマホを取り出し、詰め寄ってきた。

「ね、ヒフミくんの連絡先教えてよ〜!」

「それはさすがに無理だよ」

一応タレントとして仕事をしているのだから、おいそれと連絡先を教えるわけにはいかない。タレントでなかったとしても、家族の電話番号を勝手に教えたりはしないだろう。

彩羽が首を振ると、彼女たちは明らかに不機嫌を隠さなくなった。

「なんでよ、いいじゃない、別に」

「そうよ、あたしたちただのファンなんだから。応援したいだけだし!」

「天沢さんだってお兄ちゃんの人気は大事でしょ?」

彩羽を取り囲んでの、女生徒たちのわぁわぁという声は、次第に高くなる。放課後、静かだった廊下に声が反響して、彩羽はより孤独が増した気がした。

(う……う、うるさいっ……!)

こめかみのあたりが痛くなったが、これ以上黙って誤魔化すのは無理そうだ。

彩羽はすうっと大きく息を吐いて深呼吸をすると、彼女たちを見つめ返す。

「連絡先を知りたかったら、彼に直接聞いて。事務所はファンレターだって受け付けてるし。それで教えてくれるかどうかはわからないけど、私に聞くのはやめて。関係ないから」

女癖が悪い兄だが、相手にするのはいつも同業者か仕事の関係者だ。絶対にファンには手を出さない。それだけはポリシーとして守っているらしい。彼女たちの望みは叶わないだろう。

「なにその言い方！」

「妹だからって偉そうにっ」

「てゆーか、妹だって言うけど全然似てないよねー！　パッとしないし性格も悪そう！」

そして彼女たちはフン、と鼻息を鳴らし、そのままスタスタと立ち去っていった。

「はぁ……」

剥《む》き出しの悪意をぶつけられて、全身が毒でも回ったかのように苦しくなる。

今まで、こういうやりとりを何度繰り返しただろうか。胸にもやもやとしたものが積み重なっていく。

顔のよすぎる兄の奔放な恋愛関係にうんざりして、そんな兄に群がる女性たちを見下している。

（確かに私、顔だけじゃなくて性格も悪いわ……）

女性関係は派手だが、兄を嫌いなわけではない。むしろ妹としては兄から『溺愛』されているという自覚がある。

だが兄の異性関係は、どうにも好きになれなかった。たったひとりを愛し抜く気が最初からゼロで、肉欲だけの付き合いなんて、絶対にイヤだと思ってしまう。さらに今日のように、妹である彩羽を利用しようと近づいてくる人たちに、嫌悪感がぬぐい切れない。

絶対に自分は、顔に釣られるような女になってたまるかと、思ってしまう。

「帰ろ……」

途中、コンビニに寄ってシュークリームを買おう。甘いものでも食べて元気を出すしかない。

大きく息を吐き、そのまま廊下を歩き出そうとしたところで、

「大変そうだな」

と、どこかからかうような声が聞こえた。

誰もいないと思っていた廊下に響く甘やかなテノールに、首の後ろがゾワッとけば立つような感覚を覚えた。

「え？」

いったいどこから声がしたのかと見回すと同時に、教室のドアががらりと音を立てて開く。中から着衣が乱れた女子生徒が飛び出してきて、ぎょっとしてしまった。声は男のものだっ

たのに、姿を現したのは女子だ。そして女子は彩羽とは反対側の方向に向かって、一目散に走り去る。

（えっ、なに、どっ、どういうこと……？）

彩羽がきょとんとしていると、

「こっちこっち」

廊下に面した窓が開いて、中から男がひょっこりと顔を覗かせた。

目の前に金色のなにかが現れて、キラキラと光る。

「わあっ!?」

その目が覚めるような金髪と、整いすぎている顔を見て、飛び上がらんばかりに驚いた。思わずかわいくない声が出てしまった。

（どっ……堂島千秋だ……！）

彩羽がこのエスカレーター式の名門高校に入学して一番驚いたのは、兄と張るほどの美貌の男が、タレントでもなんでもない素人に存在するということだった。

それがこの堂島千秋だ。

クラスは一度も同じにならなかったので、話したことすらなかったが、至近距離はやはり迫力がある。彼が長いまつ毛を鳥の羽根のように瞬きさせるだけで、あたりに星が散ってお花が咲き乱れそうな、そういうレベルの美男子だ。

「あんたのこと知ってるよ。ヒフミ最近売れてるよな。女子たちもよく話題にしてるし」

「それは、どうも……」

彩羽はこくりとうなずきつつ、千秋を見上げ、気になったことを問いかける。

「あの……教室で、なにしてたの？」

「なにって……『ナニ』だよ。廊下からケンカする声がしたから、逃げられた。せっかく楽しめそうだったのに」

口から出た言葉はおぞましいが、とにかく彼は顔がいい。なのであやうく『そうなんだ』とうなずきそうになってしまった。

クスッと笑う千秋は、自分がどんな顔をして笑えば人を惹きつけるか、十分把握しているようだ。

（なにって……えぇ～……！）

まさかと思って問いかけたが、そのまさかだったらしい。よく見れば千秋の胸元も、ネクタイが外されてシャツのボタンがいくつか外れている。彼の金色の髪の隙間から、シルバーの小さなピアスがキラリと輝くのが見えた。

（うわぁサイテーだ……！）

顔に出さないようにと頬を引き締めたら、思わずスンッと真顔になってしまった。

そんな彩羽の表情の変化に気づいたらしい。千秋は黒目がちな瞳をしっとりと輝かせ、硬直している彩羽の耳元に顔を近づけささやく。

「俺はまぁ、あんたが代わりでもいいけど。どう、一緒に楽しむ気ある？」

その声は言葉の内容を置いておけば、本当に魅力的な麗しいものだった。

骨格がいい男は、声もいい。政治家になればきっと当選間違いなしだ。立候補すれば女性票の獲得は困らない。それどころか、怪しい宗教を開いたとしても、彼が教祖ならすぐに入信者でいっぱいになるだろう。

そのくらい、彼は存在自体が魅力的だった。

この男はずっとこうやって女子たちを口説いてきたのだ。目の前の彩羽に興味があるわけではないのに、『一緒に楽しもう』と誘惑する。

(まぁ、私なんかが本気で興味なんか持たれるわけないけど)

今日ばかりは、兄で多少『本物』に慣れていた自分に、感謝をせずにはいられなかった。

彩羽はじっと、千秋の愁いを帯びた美しい目を見返しながら半歩後ずさる。

「――自分だけが特別だなんて、思ってるのね」

そう言った瞬間、千秋は驚いたように目を見開いた。

「女なら誰でもいいみたいだけど、私からしたら、あんたみたいな男こそみんな同じよ」

顔がいいから、イケメンだから、『女は自分が誘えばみんななびく』『愛されて、求められて当然』と傲慢になれるのだ。

「女だからこういうのが好きだって決めつけて……ダッサ」

言い切ったら少しだけ胸がすっきりしたが、すぐに凹む。

いくら堂島千秋相手でも、こんなイヤミを言う自分を好きになれない。結局自分も、彼に八つ当たりしたようなものなのだ。

（ああ、やだやだ……）

彩羽は無言でくるりと踵を返し、スタスタと廊下を歩いていく。その背後で、まるで雷に打たれたような表情で固まっている千秋にも気づかずに――。

（あれが私たちのファーストコンタクト。でも、それからなぜか、絡まれるようになったのよね）

千秋を振り切った彩羽は、売店でシャープペンシルの芯を買いながら、目を伏せる。

高校を卒業し、大学生になった今でも、発見され次第声をかけられて、やれ一緒に出かけようだとか、メシでも行こうと誘われる。そして千秋がそう口にするたび、彼を取り巻く周囲の空気が微妙に変化する。

『なんであの子が？　パッとしないよね』

『あんななりで、彼とどうにかなれるなんて、本気で思ってるのかしら』

『フレンチの合間に、駄菓子でも食べたくなったとか？』

『あぁ、それだわ、きっと』

悪意に満ちた声は、どれだけ隠していたとしても、しっかりと本人の耳に入るものだ。

自分がパッとしないことなんか、百も承知している。堂島千秋とどうにかなりたいなんて思ったこともない。なのに千秋が自分にちょっかいを出すことで、彩羽の自尊心は、簡単に傷つけられてしまう。少しずつ摩耗し目に見えてすり減っていくのだ。

(なにもかもあいつのせいだ)

そう思うと、喉の奥がざらざらしてうまく息が吸えなくなる。

私は絶対に、堂島千秋になびいたりなんかしない。これから先も、ずっと。

顔がいいどころじゃない堂島千秋と関係を持つなんて、ろくなことにならないに決まっているのだから。

それから、一年、二年と時が過ぎ、大学を卒業する直前まで、千秋は、適当に彼女を変えながらも彩羽にちょっかいをかけ続けてきた。学食でひとりでランチを取っている時に、隣に座られることは何度かあったが、完全にふたりきりになったことは、一度もない。

周囲の友人たちからは『もったいない』だとか『彼となら一度だけでも遊ばれてみたい』だなんて言われることもあったが、彩羽にとって、千秋はずっと『友達以下』だった。

(私は顔のいい男は選ばない！　地味で誠実な男性を選ぶ……！　そして地に足がついた、平凡な幸せを手にするんだ！）

だが、いよいよ卒業が近づいたサークルＯＢ会の日、彩羽はとんでもない場面に遭遇した。自分が付き合っているはずの恋人が、後輩の女子とコソコソと居酒屋から抜け出すのを目撃してしまったのだ。

こういう時に働く、女の勘とは不思議なものだ。広い居酒屋でわいわいと盛り上がっているのに、なぜか最初からふたりの間に流れる空気が違って見えた。

最初に恋人が、そして後輩が後を追うように席を外したのを見て、いてもたってもいられなくなった彩羽は後をつけ、廊下の端でやたらねちっこいキスをしているふたりを、発見してしまったのである。

「……どういう、こと？」

どういうこともなにも、浮気をされているのは一目瞭然なのだが、彩羽は震える声で問わずにはいられなかった。

サークルのボランティア活動で知り合ったひとつ年上の彼は、彩羽にとって何人目かの恋人だった。それまで短い期間、何人かと付き合ってきた彩羽だが、体の関係を持ったのは彼が初めてだ。

真面目で、勉強熱心で、穏やかな人で、そのまま公務員になった。彩羽の理想を体現したような男だった。市役所の受付で毎日働いている彼を、彩羽はとても大事に思っていた。もう、この人しかいないと真剣に将来のことを考えていた。

彩羽が三年生になる頃に向こうから告白、無事恋人同士になって約二年、今までケンカひとつしたことなかった、いい関係だったはずだ。

彩羽が就職して落ち着いたら、一緒に住もうかなんて話も出ていたくらいに。

だから当然のように、このまま穏やかに付き合えて、いつかは『結婚』もあると本気で信じていたのだ。

「い、彩羽……っ？　違うんだ、これは――」

恋人は茫然《ぼうぜん》と立ち尽くす彩羽の顔を見て硬直し、後輩の肩を慌てたように引きはがした。

一応、彩羽に隠すつもりはあったらしい。

だがそんな仕打ちを受けた後輩のほうは我慢がならなかったらしく、眉間にしわを寄せると、そのまま強引に恋人に抱き着いていた。

「先輩、あたしのほうが好きなんですよね!?」

「ちょっ、きみっ」

「だって彩羽先輩、えっちもマグロでつまんないんでしょ？　いつまで経っても不感症で、つまらなさそうに寝っ転がってるだけだって、言ってたじゃないですかっ！　あたしのほうがずっといいって！」

今まで、おっとりしてかわいい子だな、としか思っていなかった後輩の生々しい発言に、彩羽の全身から血の気が引く。

（あ、これほんとなんだ……）

それを聞いて、後輩がやけっぱちであんなことを言っているのではないと、わかってしまった。

実際、恋人からはセックスの時、あれやこれやと要望を出されていたのだが、彩羽はうまくできないままで、気まずくなることがあった。不感症のマグロ女というのは、恋人の自分に対する正当な評価だ。

（そっか……私、もうこの時点で振られてるんだ）

浮気を責めるとか、そういう状況ではない。自分はお邪魔である。そうわかっているのに、一刻も早く立ち去るべきだとわかっているのに、頭が真っ白になってまるで足に根が生えたかのように動けない。

（どうしよう……）

彩羽がぼうっと立ち尽くしていると、

「お前、すっごいこと言われてるな?」

と、苦笑する声がすぐ背後から聞こえた。

たった一言でその場の空気をがらりと変えてしまう、そんな声。

おそるおそる振り返ると、彩羽の後ろに、壁にもたれるようにして堂島千秋が立っていた。

ゆったりとした白のタートルネックにデニムを合わせた千秋は、シンプルなのにまるでファッション雑誌から抜け出したような華やかさがあった。

彼はアルコールに強く、いくら飲んでも顔色ひとつ変わらないと評判だったが、今日も相変わらず涼しい顔をして、体の前で腕を組み、彩羽を見おろしている。

（髪黒いの、初めて見た……かも）

高校から大学生の間、コロコロと色が変わっていた彼の髪が黒髪になっている。

とんでもない修羅場なのに、なぜか千秋はひどく落ち着いた様子で彩羽を見つめていた。

その憂いを帯びた眼差しは、彩羽の心の奥深くを探ろうとしている、そんな気がした。

いつだって彼の前ではツンケンしていた自覚があるので、弱っているところを見られたくない。彼に一瞬目を奪われたことを必死に心の中で打ち消しながら、彩羽はぎゅっとこぶしを握り締め、震えながらも気丈に振る舞う。

「なんでここに堂島くんが……？」

「うちのサークルもOB会やってたから」

千秋は軽く肩をすくめて、ちょいちょいと背後のほうを指さす。

大学近くの居酒屋だ。そういうこともあるだろう。

「そう……。変なところ見られちゃったね……忘れてくれる？」

もう隠すことはできないようだ。彩羽は戸惑いつつ、元、恋人のほうに向き合った。

振られたと言っていいのかわからないが、どちらにしろとりあえずもう、恋人関係は続けられない。さっさと退散したほうがよさそうだ。

「あ、あのさ、彩羽、僕はっ、君を裏切ったつもりはなかったんだ！　ただもう、その……ね、堂島くんもわかるだろ？　男女の関係ってこういうもんだってさぁ……ははは」

元恋人がしどろもどろに口を開く。

外面のいい彼のことだ。堂島千秋という大学で一番の有名人を前にして、なんとか取り繕おうとしているのがヒシヒシと伝わってくる。

襖《ふすま》一枚を挟んだ大部屋からは絶えず笑い声が聞こえるのに、誰がなにを言い出すのか、緊張した空気で廊下は静まり返っていた。

その沈黙を破ったのは千秋だった。

「あんたの言い分なんかどうでもいい」

ぴしゃりと言い放った後、

「なぁ彩羽。だから俺にしとけって言ってるだろ？」

なにを思ったのか、千秋はするりと彩羽のウエストに背後から手を回し、臍《へそ》の前で手を組むと、ちょこんと肩に顎《あご》をのせてにっこりと笑ったのである。

「っ⁉」

いきなり背後から抱きしめられて、彩羽は硬直した。

確かに少々馴れ馴れしいところはあるが、千秋は大学在学中、こんなふうに彩羽に触れたことはなかった。彩羽がすぐに振り払うので、せいぜい一瞬肩を抱くくらいだ。

「ちょっ……」

こんなふうに抱きしめられたら、周囲から勘違いされてしまう。

慌ててその手を振り払おうとしたが、

「まぁまぁ」

千秋はガッチリと両手を祈るように組み、背後からぎゅうぎゅうと彩羽を抱きしめる。

彩羽以上に驚いたのは、目の前の浮気したての恋人と後輩だ。

「なっ、なんで堂島が……」

「嘘でしょ……!?　なんで彩羽先輩なんかが！」

ふたりして割と失礼なことを言っているが、それどころではない。後輩に至っては、パッと恋人から手を離し、嫉妬に満ちた目で彩羽をにらみつけてきた。

そんな視線を受けているというのに、千秋はにっこりと笑って彩羽のこめかみのあたりに唇を寄せる。

「俺はあいつと違って、女の子にサービスするのが大好きだから、彩羽に天国を見せてあげられるけどな。どう、もうそろそろ俺で手を打たない？」

軽い口調ではあったけれど、その声には彩羽を誘惑するのを隠さない、たっぷりの色気がのっていた。

本当はこんなことは間違ってる。うなずいてはいけない。

だが――。

「……うん」

彩羽はうなずいていた。こくりと顎を引いた瞬間、恋人がサーッと顔色を変えた。

こんな女でも、堂島千秋にとられるのは癪《しゃく》なのだろうか。

(変なの……)

彼の動揺ぶりに、少しだけ胸がすっとする。

「堂島くん、行こう！」

こうでも言わなければ、この場で泣いてしまいそうだった。我ながら強がっているのはわかっていたが、震える手をぎゅうっと握り締めた後、千秋の手の甲に自身の手を重ねる。

「そうこなくっちゃな」

千秋はさらっと言い放つと、彩羽の肩を抱き、そのまま居酒屋を後にしたのだ。

繁華街のど真ん中にある居酒屋から、少し歩いて歓楽街にあるラブホに入る。適当に入ったラブホではあるが、あまりどぎつい感じではなく、アジアンリゾート風だ。

(つい、ノリで来てしまった……)

なんだか大変なことになってしまった。これはよくない展開だ。勢いとはいえ、堂島千秋とラブホテルにいる自分に今更衝撃を受けていた。だがどういうタイミングで、なにを言ったら正解なのか、彩羽にはわからない。

頭の中でグルグルと思考が回転し、錯綜《さくそう》する。

（こんなことが自分の人生に起こるなんて、考えたことなかったんだもの……）

とりあえず大きなテレビの前にある黒いソファーに腰を下ろすと、隣に座った千秋が顔を覗き込んでくる。

「そういや、荷物は持ってこなくて大丈夫だったのか？」

「あ……うん。これだけだから」

ニットのワンピースの上に斜めがけしていた小さなバッグに、財布とスマホとハンカチが入っている。あとは目薬と薬用リップくらいだ。

バッグをパシパシと叩くと、

「荷物、それだけ？」

と、千秋は不思議そうに目を瞬かせた。

「うん……これだけだよ。だってそんなに必要なくない？」

こくりとうなずくと、千秋がなぜかホッとしたように、クスクスと笑い始める。

「そういやそうだな。お前は昔から荷物が少ない女だった」

「あまり手荷物を持ちたくないだけだよ」

「それだけじゃなくて。お前自身の、中身のこともな」

「中身?」

意味がわからず首をかしげると、千秋は軽く頭を振って、

「わかんなくていいんだ。俺が勝手に感心してるだけだから」

と、わけのわからないことを口にする。

「ふぅん……そう」

身軽そうだと言いたいのだろうか。だが自分のような凡庸な人間には、堂島千秋の考えていることなどわかるはずもない。

彩羽は部屋の中を見回す。いくらリゾート風の内装と言っても、ラブホテルなのは間違いない。妙に幅をきかせているガラス張りのバスルームと、部屋の奥に大きなベッドがあるのが目に入って、急に体が強張る。

(いやいや、なにくつろいでるの。早くここを出なきゃ……)

「あ、あの、私……そろそろ——」

ソファから立ち上がろうとした次の瞬間、バッグの中からスマホが鳴った。おそるおそる着信を確認する。案の定というべきか、電話の主は恋人だった。通話ボタンに指を伸ばしたところで、横から千秋がスマホを取り上げてしまった。

「ちょっと……！」

「出てなんて答えるつもりなんだよ」

「……」

確かにそうだ。堂島千秋とラブホテルにいますなんて、言えるはずがない。

（でも……どうしたら？）

彩羽がスマホを持って固まって茫然としていると、

「お前は今から、俺にたっぷりかわいがられるんだよ。捨てた男になんか構うなよ」

千秋は拗《す》ねたような口調でそう言い放ち、無言の彩羽を見て目を細めると、スマホをテーブルの上に置いて、頬を傾けキスをした。

「っ……」

堂島千秋との初めてのキスは、触れ合うだけのかわいらしいキスだった。

「なぁ、彩羽。お前があんな男に傷つけられる必要なんて、ないだろ？　俺を見て。俺と……セックスしよう」

『捨てられた男』ではない。『捨てた男』と千秋は言った。慰めかもしれないが、今はその気持ちが嬉しい。

そのまま上半身が、千秋にきつく抱きすくめられる。

耳元で響く甘くかすれた声に眩暈《めまい》がした。

さらさらとした感触のシーツの上に座ると、まず千秋が自分が着ているニットの裾をつかみ、そのままグイッと持ち上げて、中に着ていたインナーごと脱ぎ捨てた。

鍛え上げられた体はきれいに腹筋が割れていて、まるで彫刻のように美しい。背が高いとは常々思っていたが、どうやらかなり着やせするタイプだったらしい。

「じゃあ次はお前な。はい、腕上げて」

「はい」

両手を万歳して上げると、あっという間に、彩羽が着ていたデニムジャケットと、キャメル色のニットワンピースをするすると脱がせてしまった。

(慣れてる……)

だが今は、この彼の手慣れた仕草に安心する。

そもそもこれは愛し合う男女の行為ではないのだから。

ロングキャミソール姿になった彩羽は、ゆっくりとベッドの真ん中に横たえられた。

千秋は彩羽の上にのしかかりながら、両手でその頬を包み込むと、まず額にキスを落とす。

それから瞼や頬に、ちゅっ、ちゅっと唇を落としていく。そのキスがあまりにも優しいものだから、身構えていた彩羽の体から力が抜けていった。

「優しいのね……。いつもこうなの?」

「いつもとか、そういうデリカシーのないこと聞くなよな。今抱き合ってるのは俺たちだろ」

千秋はクスッと笑って、彩羽の頬にかかる髪を指で払いながら、彩羽の鎖骨を指で撫でた。

肌の上をそうっと滑るその感触に、彩羽の体はぶるりと震える。

「彩羽の体冷たいな。緊張してるのか」

「そんなの……当然でしょ……」

覚悟を決めたとはいえ、恋人でもないのに体を繋げるなんて、生まれて初めてのことだ。しかも相手が、絶対に『ない』と思っていた堂島千秋だから、余計緊張してしまう。

我ながらかわいくない発言だと思ったが、千秋はやんわりと微笑んで、

「そっか……ごめんな。すぐにあっためてやるから」

とささやき、ロングキャミソールを裾からたくし上げて、太ももを手のひらで優しく撫でた。

(優しい……)

そう、千秋はとにかく優しかった。

手のひら全体で彩羽の素肌を愛撫しながら、丁寧に下着を脱がせた後は、彩羽の体中に口づける。

彩羽のささやかな胸を両手でゆっくりと揉みながら、尖った乳首を唇全体で吸い上げると、

「あっ……ん……っ」

思わず、彩羽の唇から甘い声が漏れてしまった。

「舐められるの、気持ちいい？」

千秋が顔を上げて目を細める。

「うぅ……」

恥ずかしくて、返事が口の中でこもる。

今まで胸を舐められたことはあるけれど、気持ちがいいなんて思ったのは初めてだった。

（昔はじゅうじゅう吸われて、痛いとしか思わなかったのに、なんでだろう……）

同じセックスだとは思えないくらい、なにもかもが違いすぎる。

「私……不感症じゃないの……？」

不感症のマグロと言われても、仕方ないと思っていたのだが、どうも勝手が違う。

すると千秋はその漆黒の瞳を熱っぽく輝かせながら、ささやいた。

「お前は不感症じゃないと思うけどね。だってもう濡れてるし……」

「え……あっ……！」

気が付けば千秋の右手が、彩羽の淡い叢《くさむら》をかき分けて、指先で花弁の襞《ひだ》をなぞっていた。

「ほら、くちゅくちゅ音が聞こえる……どんどん溢《あふ》れてくるだろ？」

「あ、あん、んっ……！」

自分でも気が付かなかったが、どうやらそこは準備万端だったようだ。千秋の指先が、蜜口から溢れる蜜をかき出して、指にまとわせる。そしてその指を立ち上がった花芽に移動させて、くるくると擦り付けるようにこすり始めた。

「ひあっ、あっ、あんっ、ん～ッ……や、あっ……！」

彩羽の足が跳ねあがった。とっさに膝頭を合わせるように太ももを閉じてしまったが、千秋の手は止まらない。

「まって、や、それ、あっ……」

腹の奥がぎゅうぎゅうと締め付けられる。

「気持ちいいんだろ？　とりあえず一回イっとけよ」

そしてその指先で、彩羽の花芽をキュッとつまんでしまった。

その瞬間、強くて短い快感が全身を貫く。

「～～ッ！」

思わずのけぞった彩羽が、はぁっ、と息を漏らすと、千秋はそのまま後ずさりつつ、彩羽の太ももを左右に開いて、秘部に顔を近づける。

一瞬、なにをされるかわからなかった彩羽だが、彼の美しい目が自分のそこに注がれていることに気が付いて、ハッと我に返った。

そういうやり方があるとは知っていたが、自分がされるのは初めてだった。

「あ、うそ、やだ、やめてっ……！」

「なんで？　お前、ナカでイクどころか、普通にイッたことすらないんじゃないの」

千秋はそんな彩羽の抵抗を笑って受け流すと、長いまつ毛を伏せて、そのまま秘部に舌を這《は》わせてしまった。

「あ……っ！」

舌の感触は彩羽には強烈だった。

吸い付く彼の唇はしっとりとしていて、舌はぬるぬると動き回りながら、秘部を舐め上げていく。

「あ、あんっ、あっ……んっ！」

もう声すら我慢できなかった。腰が持ち上がり、体が揺れる。

それは指とはまた違う、圧倒的な快感だ。ぎゅうぎゅうと枕を握り締め、忍び寄る快感に備えていると、千秋が尖らせた舌の先端を、蜜口へ押し込んで、全身にびりびりと淡い快感が走った。

「やだ、気持ちいい、あぁ……！」

思わず率直な声が漏れる。

「ん……よかった。もっと感じてくれよ」

千秋はふふっと笑って、彩羽の跳ねる腰をしっかりと抱いて、ねっとりと舌を使って襞の間をなぞり、ぷっくりと膨れ上がった花芽を吸い上げる。

「あ、そこ、あっ……だめっ！」

駄目だと言うのに、千秋はやめてくれなかった。敏感に膨れ上がったそこをちゅうちゅうと強く吸い上げられて、がくがくと腰が震える。

二年付き合った恋人は、こんなふうに彩羽を愛撫してくれなかった。

（比べるなんて、だめだけど……だめだけど……っ……セックスって、こんな、なの……？）

じゅるじゅるとするいやらしい水音が、頭の中で響く。

押し寄せてくる快感に、彩羽は何度も軽く意識を飛ばしてしまう。

「ひあっ、あぁっ……あっ！」

小さな悲鳴を上げる彩羽を見ながら、時折千秋は唇を外して、

「駄目なんて言うなよな。俺はお前のここなら、何時間でも舐められるし」

と、恐ろしいことを口にした。

「や、そんなっ……あ、ひっ……！」

終わりが見えない快感など、味わったことがない。いや、そもそも元恋人とのセックスでイッたことは一度もなかった。

儀式的にキスをして、裸にされて、胸を吸われて、あまり濡れないまま挿入されて、突き上げられて、それでおしまい。

だからいつだって彩羽は理性的で、裸で変な格好をしている自分をバカみたいだと思ってい

たし、セックスとはこういうもので、自分には向いていないのだと諦めていた。

「まって、あ、わたしっ……、あ、あ、あっ……あぁーっ！」

いやいやと首を振る彩羽だが、千秋は許してはくれなかった。

熱い舌が蜜口の中でうごめき、同時に彼の指が限界まで膨れ上がった花芽を指先で弾く。

彩羽の体はあっという間に快楽の階段を駆け上り、己の意志とはまったく関係なく、ガクガクと震え、わなないた。

「はぁっ、はぁっ、はあっ……」

「ん……ほら、また上手にイケただろ？」

千秋は蜜に濡れた唇を手の甲でグイッとぬぐいながら上半身を起こし、全身で必死に息をする彩羽を見おろし、漆黒に濡れる目を細める。

いつもきれいに整えられている黒髪は乱れ、額に貼りついていたが、堂島千秋に限ってはそれも壮絶な色気を増している。彼の憂いを帯びた黒い瞳は、天井の照明を反射してキラキラと輝いており、獰猛《どうもう》な獣のように見えた。

「ど、どうじま、くん……」

「ん？」

「まだ、するの？」

「当たり前だろ、なに言ってるんだ」

彼はニヤリと笑って、膝立ちをしたまま穿いていたデニムのボタンをひねるようにして外す。そしてシーツの上で、くたりと伸びている彩羽に向かって、手を伸ばしてきた。

「……？」

差し出された右手をつかむと、そのまま彩羽の体はグイッと引っ張られる。

「きゃっ！」

ほかにつかめるものもなく、とっさに千秋の裸の上半身にしがみついた彩羽の耳元で、

「セックスはふたりでするもんだろ？」

千秋は蕩《とろ》けるような甘い声でささやいた。

それは彩羽にとって衝撃的な一言だった。

「……そう、ね」

愛し合うふたりが行う行為なら、本当は彩羽だって受け身なままではいけなかったのだ。

(私がセックスが苦手なの、向こうにも伝わってただろうし……)

元恋人の評価は世知辛《せちがら》いものだったが、確かにセックスが苦痛でイヤイヤしている自分にも、反省すべきところはあった。

「私……どうしたらいいの……？」

おそるおそる問いかけると、千秋は肩に回った彩羽の手をやんわりと解いて、下腹部へと導く。

「ジッパー、下ろして」

「う、うん……」

千秋の引き締まった腰回りに見とれながら、デニムのジッパーをつまみ、下げる。
ジ、ジジ――。
それは本当に小さな音だったが、彩羽の耳には妙に大きく聞こえた。

「下げたよ……」

「次はデニムもな」

うつむく彩羽の両肩を支えにして膝立ちした千秋は、彩羽の耳元で甘い声でささやく。

彩羽の視界に、グレーのボクサーパンツが目に入る。

「わかった」

彩羽は大きく深呼吸をした後、デニムを引き下げる。

「ありがとう」

千秋はふふっと笑って、それから彩羽の額にちゅっと口づける。その仕草があまりにも自然で、なんだか無性に恥ずかしくなった。

「な、なんでキスするの……？」

千秋が触れた額が熱い。

「したくなったからしてる」

千秋はそう言って、足先に引っかかっていたデニムをさっさと自分の足から抜き取ると、両手で彩羽の頬を挟み、こつんと額を合わせる。

「キスしよう」

「そんなの、改めて言わないでよ……」

これは恋人同士のセックスではないのだから、変に意識させないでほしい。

心の中でつぶやくと、

「意識してほしいんだよ」

まるで心を読んだかのように、千秋はそう言って頬を傾け、それからゆっくりと彩羽の唇にキスをした。

何度かくっついて、離れて、お互いの目を見つめ合いながら、唇を重ねる。

『なにがヤバいって、あの目がヤバい』

女子たちから『魔性の男』と呼ばれている千秋の漆黒の瞳は、黒目が大きく物憂げで、普段は軽くて陽気な雰囲気と相まって、そのギャップが女性に『刺さる』と言われていたが、本当にそうとしか思えない。

自分は堂島千秋という男に溺れたりなんかしない。

そうはっきりと自覚している彩羽ですら、次第にいろんなことがどうでもよくなって、彼から与えられるキスの感触に、ただ浸ってしまう。

「くち、開けて……」

そう千秋に命じられれば、素直に彼の舌を受け入れてしまうくらいに――。

「うん……」

唇を開くと同時に、千秋の舌がぬるりと口内に滑り込み、喉の奥に引っ込んでいる彩羽の舌を探り当てて、ちょんちょんとつつく。まるで遊ぼうよとでも言われているような気分になって、思わず彩羽がクスッと笑うと、千秋もまた無言で笑った。

「んっ……」

絡み合う舌を吸われてびくん、と彩羽の体が震えると、なだめるように肩や腕を手のひらで撫でて、そのままゆっくりとシーツの上にふたりで倒れ込んだ。

最後の一枚だったロングキャミソールが脱がされて、彩羽は完全に、生まれたままの姿になっていたが、ぴったりと抱き合っているので、恥ずかしいという気持ちは吹き飛んでいた。

シーツの上でお互いの体を抱き寄せながら、何度もキスを重ねる。

「俺の下着も、脱がせて」

千秋が耳元でねだるのを聞いて、彼のボクサーパンツに指をひっかけてずり下ろす。すると中から彼の端整な顔に似合わない暴力的な姿をしたアレが飛び出して、臍のあたりにパチンとぶつかった。

「おっ……おっき……くない？」

はっきり言って、それは信じられない大きさをしていた。

「お前のナカに入ったら、もっと大きくなるけど」

「うそっ」

「嘘じゃありませーん」

千秋は軽い調子でクスクスと笑って、彩羽の体を横向きにすると、

「大丈夫、まだ入れないから……」

そう言って、彩羽の背後から太ももの間に腰を当てるようにして、屹立《きつりつ》を差し込んだのだった。

大きくかさが張った肉杭は、彩羽の花弁をかき分けて花芽をこすり上げる。

「あんっ……！」

指とも舌とも違う、しとどに濡れた秘部全体に快感が走る。

「お前のここ、すっげえ濡れてるから……包み込んでくれて最高……」

清潔に整えられた指先が乳首を弾くたび、千秋の肉棒が潤み切った花弁の襞をかき分けるたび、彩羽の唇から甘い悲鳴が漏れる。

「あ、っ、あんっ、あぁ……」

「彩羽の感じてる声、かわいいな……」

千秋は左手で彩羽の乳房をぎゅうっと寄せながら、色っぽい声でささやくと、そのまま彩羽

の耳をぱくりとくわえてしまった。

「ひあっ……？」

千秋の熱い吐息やリップ音が、頭の中に直接そそぎ込まれる。

思わずぎゅうっと目を閉じると、まるで頭から体全体が、彼の口の中に含まれてしまったような錯覚を起こしてしまった。

「やぁっ……」

足の間に挟んでいる彼自身がたまらなく熱い。

じわじわと足先から快感が駆け上がってくる。これまでとは違う、もっと強い快感だ。

「あ、あ、っ、と、どう、じまっ、くんっ、あっ、あぁ～……っ」

きっとこのまま身をゆだねていれば、彼はまた信じられないくらい気持ちよくしてくれる。

彩羽はその快感にそのまま身をゆだねようとしたのだが――。

「――あ、だめ」

千秋はぴたりと腰を動かすのをやめて、彩羽の太ももの間から、己の屹立を引いてしまった。

「え……？」

もう少しでまたイケそうだったのに、なぜやめてしまうのだ。

なにか自分が粗相をしてしまったのだろうか。

不安になりながら肩越しに振り返ると、

「もうちょっと頑張れると思ったんだけど、俺、もう我慢の限界……。ナカでイカせて」

と、かすれた声でささやいた。

「あ……」

そうだ。ここに来てから、彼はひたすら彩羽の体をかわいがって奉仕してくれるばかりだった。

『セックスはふたりでするもの』と言われていたのに、すっかり頭から抜け落ちていた。

(私ったら……)

彩羽は呼吸を整えながら仰向けになり、千秋を見上げる。

「……彩羽」

彼は彩羽の名を呼ぶだけで、じっと彩羽を見つめ返している。

『女を目で殺す魔性の男』は、全身から凄絶《せいぜつ》な色気を放っているが、それでも強引にことを進めようとはしない。どこか修行僧のように己を律しているように見える。

(あぁ……私の言葉を待ってくれているんだ)

彩羽はこくんと息をのみ、震える声で口を開いた。

「堂島くん、来て……」

それは彩羽にとって精いっぱいの誘惑だった。

その瞬間、千秋の目にサッと欲情の炎が灯る。

「彩羽……」

彼は避妊具に手を伸ばし包装を歯で噛みちぎると、とろとろと透明な蜜をこぼす己の屹立に手早く嵌《は》める。

そして彩羽の顔の横に片手をつくと、

「もう我慢、しないからっ……」

先端を蜜口に押し当てて、そのまま一気に腰を押し進めたのだった。

「ん、あぁ……っ……！」

彩羽の蜜壺を押し入ってくる千秋の肉杭の感触に、彩羽は悲鳴を上げる。

彼のモノは太く、そして硬かった。

彩羽の柔らかな中を強引に切り開いて、奥へ奥へと侵入していく。

（おっきい……っ）

痛みはないが、圧迫感がすごい。

だが千秋はそんな彩羽を慰めるように、こんな状況でありながら優しく触れていく。

シーツの上に投げ出した彩羽の腕の上を、千秋の指が這い、二の腕の、ひじのくぼみの内側から、そうっと血管をなぞっていく。

そして手のひらにたどり着いた指が、彩羽の手を握り込む。

「いろは……お前のナカ、きもちいー……」

千秋はかすれた声で甘く吐息を吐き、ゆっくりと腰を前後させ始めた。

彼の太い屹立が、彩羽の蜜壺をえぐっていく。

彼がギリギリまで腰を引くと、全身がぞぞ、と粟立《あわだ》ってしまう。

「あぁ……」

「入り口のここ、好きなのか？　それとも俺の張り出したココでえぐられるのが、好き？」

「ば、ばかっ……」

「教えてくれないとわかんないだろ」

「し、しらないっ……」

そんなこと口に出せるはずがない。

彩羽はぎゅうっと唇を噛み、顔を背けて頬を枕に押し付けた。

「なるほど、だんまりか」

千秋ははぁとため息をつくと、なんとそのまま彩羽の上半身を抱き上げて、膝の上にのせてしまった。

「ああっ……！」

腹の奥まで千秋のモノがいっぱいに広がって、目の前に白い光が散った。もう顔を背けるどころではない。

串刺しにされた彩羽は、内臓まで押し上げられるような気がして、悲鳴をこらえながら千秋にぎゅうぎゅうとしがみつく。

「おいおい、彩羽……あんまり締めないで……我慢してるんだから……」

千秋は目の縁を赤く染めて、色っぽい目でささやく。

「な、なんで、いきなり、こんなっ……」

「なんでって……お前が素直じゃないからだろ」

千秋は乾いた声ではは、と笑いながら、彩羽の鎖骨に口づけを落とす。

「気持ちいいの、俺だけだなんて許せない。俺だって、感じてる彩羽が見たい……」

そして彩羽のウエストを両手でつかんだまま、軽く揺さぶり始めた。

「あっ、あっ」

下から突き上げられるたび、彩羽の声が漏れる。

腹の奥をえぐる千秋の屹立に翻弄《ほんろう》されながら、彩羽は背中を反らす。

感じている顔を見られたくないが、隠す余裕がない。

(気持ちがいい、あぁ、よすぎて、へんに、なっちゃうっ……)

自分が今まで知らなかった快感から逃げたい気持ちと、このまま知らないどこかに連れて行ってほしい気持ちが、交錯する。

「彩羽が腰、振ってる……エロ……」

「ばっ、ばかぁ……っ……」

「馬鹿って言うなよ。お前のためだぞ。気持ちよくなりたくて、腰だって振っちゃう彩羽ちゃんが、不感症なんて、嘘だよ……ほんと」

千秋のからかうような口調に眩暈がする。

そんなんじゃない。ただ千秋がうますぎるのだ。ほかの誰でも、こうなるとはとても思えない。

「彩羽、いい時はいいって言えよ……もっと気持ちよくなれるぞ……ほらっ」

「あぁっ……！」

千秋の大きく張り出した先端が、彩羽の腹の奥をグイグイと押し上げる。

思わず千秋の首を引き寄せると、

「俺に舐めてほしいのか？」

彼は熱に浮かされたようにささやいて、千秋は目の前で揺れる彩羽の胸の先端を、そうっと口に含み、即座に強く吸い上げる。

その瞬間、パチッと眼前で火花が散って、彩羽はまた悲鳴を上げていた。

「んぁ〜……ッ！」

ビクンと体が震えて、全身から力が抜けた。千秋の首に回していた腕がほどけて、彩羽はそのままシーツの上に背中から倒れ込む。

「彩羽……」

千秋はぐったりと横たわった彩羽を見おろした。彼の瞳は相変わらず情欲に満ちていて、まるで獣の目だ。屹立は相変わらず彩羽の中に収まっている。

「あ……」

彼はいったいどうするのだろう。

(私……今、どんな顔をしてる……?)

彩羽の腹の奥が、ぞくぞくと震えた。

「——俺に、乱暴にされたいって顔してる」

「え……」

一瞬、心を読まれた気がして、心臓がゴムまりのように跳ねた。

いや、実際そうだったのかもしれない。彼は表情から、彩羽の望みを確実に掬《すく》い取ったのだ。

「いいよ、やってやる」

千秋は低い声でささやき、そしてそのまま彩羽の膝の裏に手を差し込んで、高々と持ち上げる。膝立ちのまま、剛直を叩き込むように腰を打ちつけ始めた。

「あ、うそっ……まってっ……あうっ……」

突き上げられるたびに、体が揺れる。だがしっかりと両足を抱えられているので、快感を逃せない。

「まってぇっ……」

快楽に慣れていない彩羽はいやいやと首を振ったが、

「だめ、待たない……無理……っ」

「あ、やだ、あんっ……！」

あれほど大きくて無理だと思った彼の肉杭が、彩羽の中をえぐり、こすり上げて、さらに太く、硬くなっていく。

「ひあっ、ああっ、あんっ、あっ……！」

今日は何度もイカされてきたが、これは今までのモノとは違う。それが本能でわかった。

千秋は彩羽の両足を持ち上げていた手を離すと、そのまま覆いかぶさって激しく抽送を始める。

ぐちゅぐちゅと、淫らな水音がホテルの中に響く。

「あっ、あっ、ああっ……」

「いろは……っ」

真上にある千秋が腰を振るたび、彼の秀麗な額から、汗の粒がぽたりと彩羽の頬に落ちる。

どこか痛みに耐える修行僧のような清廉さをたたえ、眉間にしわを寄せて苦しそうに息を吐く千秋の顔を至近距離で見上げる。

（堂島くん、こんな顔、するんだ……）

彩羽が知っている堂島千秋は、いつも余裕の表情を浮かべていて、汗ひとつかかないような男だった。そんな涼しい顔をした彼に、いったいどれだけの女たちが恋い焦がれ、自分のために、彼が眉ひとつでも動かしてくれたらと、願ったことだろう。

（――興奮する）

こんな気持ちは初めてだった。

肉体の快感とは違う。心がわななき、ゾクゾクと体が震えた。

目の前でパチパチと火花が散り、腰が跳ねる。

それは今日何度か経験した、花芽をつまみ上げられたような強い快感ではなく、まるで押し寄せる波のようなゆったりとした快感で。

けれど確実に大きな波が来る、そう予感させる感覚だった。

「俺、そろそろ……いきたい……クッ……あっ……」

千秋が体を強張らせる。

それはまさに奇跡のようなタイミングだった。彩羽は両腕を伸ばし、千秋の首を引き寄せる。ぶつかるように唇を重ねて、舌を絡ませながら唾液をすすった。

「あ、ああっ、やっ、ンッ……！」

シーツの上に縫い留め体を押し付ける千秋と、それを受け止め震える彩羽の体はぴったりと重なり、ほぼ同時に果てる。彩羽の最奥で、千秋の肉杭がビクビクと震えながら吐精する感覚が伝わってくる。

(セックスがこんなにいいものだなんて……知らなかった……)

その淫らな感覚を隅々まで味わいながら、彩羽は無意識に太ももを持ち上げて、彼の腰のあたりにすり寄せていたのだった。

「——お前の髪、きれいだなぁ……」

彩羽の横に寝そべった千秋は、彩羽のまっすぐな黒髪をすきながら、そのままくるくると指に絡ませた。

彩羽の髪は今どき珍しい、生まれて一度も染めたことがない黒髪ストレートだ。

「髪が丈夫すぎてパーマは半日でとれるの。カラーも普通には入らないから、もう仕方なく、こうなんだ」

彩羽だって、普通にパーマやカラーでおしゃれを楽しんでみたいが、髪質はどうしようもない。

「堂島くんは、昔はけっこう髪色変えてたね。高校の時はきれいなブロンドだったし」

「あれなぁ……何回かブリーチして髪色入れるんだよ」

「傷むでしょ」

「それがそうでもなくて。美容師にも『驚異の美髪』って言われてた」

「なにそれ」

他愛もない会話にクスクスと笑うと、千秋もまた柔らかく笑って、彩羽の額に唇を寄せる。

「でも、お前の髪、俺は好きだな。ひんやりして、泉に手を浸しているみたいだ。夏に触ったらまた気持ちよさそう……夏が楽しみ」

まるで今後があるような彼の発言に、

「――え」

快感の余韻に揺蕩《たゆた》っていた彩羽は、ハッと目を覚まして体を強張らせた。

「なにそれ」

そしてそんな彩羽の反応に、今度は千秋が目を丸くする。

「いや……だって、俺たち、付き合うだろ。だって……」

頬杖をついていた手をシーツに下ろして、千秋は上半身を起こす。こちらを見る千秋の目がとても真剣に見えて、彩羽は背中にヒヤッとしたものを感じた。

「付き合わないよ」

なにを言っているのか、冗談はやめてほしい。

「ちょっと待てよ。まさかあいつのところに」

「もっ、戻るわけないじゃない……」

彩羽は慌てたように体を起こし、床に散らばっている下着を身に着けながら、ベッドの上の彼を振り返った。

「じゃあなんで付き合わないってことになるんだよ。セックスの相性だってばっちりだったろ」

「……」

確かに体の相性は、ぴったりというか、最高によかったように思う。

だが、千秋と付き合う？

堂島千秋と？

そのことに考えが及ばず、彩羽は無言のまま、ニットワンピースを手に取って、ベッドの上の彼を見おろした。

「……俺は、そのつもりでお前を抱いたんだけど」

「私は、そんなつもりなかった」

そんな夢物語みたいなことは、まったく考えなかった。恋人に浮気されて捨てられたあの場から、連れ出してくれたことには感謝しているが、いつまでも夢を見ていられるような年じゃない。学生の間だけならまだしも、今年から社会人だ。

旧財閥系の御曹司で、誰もが見とれてしまうような美貌の持ち主で、悔しいことに頭もいい。当然彼はモテモテだ。周囲の女の子だって放っておかないし、彼もまた女の子たちを侍《はべ》らせて、恋を楽しむだろう。

そう『楽しむ』だけ。彼は三十を過ぎればきちんと家に釣り合うお嬢様と結婚する。

本当の富裕層は、当然のようにそういう分別を持っている。

恋愛と結婚は別なのだ。

ふと、脳裏に高校のブレザー姿だった千秋が浮かぶ。教室で淫らな行為にふけっていた、最低な姿。

『楽しまない？』と誘惑した、千秋の腹が立つほど魅力的な微笑みも――。

そうだ。堂島千秋はそういう男なのだ。

あれほど激しく抱き合った後なのに、すうっと全身から血の気が引いていくのが自分でもわかる。

次第に表情を強張らせる彩羽を見て、

「なんでだよ。その……とりあえず付き合ってみればいいじゃん」

千秋は少し動揺したような雰囲気で、シーツを引き寄せて腰のあたりを隠しながら、ベッドの上に胡座《あぐら》をかく。

（とりあえずって、なによ……）

彼はいつもこうやって抱いた女に声をかけているのだろう。だが彩羽は違う。とりあえずで付き合えるような性格だったら、こんなことにはなっていない。もっと上手に恋人と付き合えたはずだ。

そんな気まずい空気を切り裂くように、突然、スマホの呼び出し音が鳴った。

聞き慣れない音だったので、千秋のものらしい。

千秋は一度は無視しようと視線を逸らしたが、呼び出し音は切れず、しつこく鳴り続けている。

結局彼はスマホに手を伸ばし、ちらりと液晶画面を見た後、通話を切ってしまった。

「誰？」

「サークルのやつらだな。コート置いて出てきたから……俺のこと探してるんだろ」

「あ……そっか」

そういえば自分たちが、それぞれのOB会を抜けて出てきたことを思い出し、さらに『現実』に引き戻された気がした。

(感謝してないわけじゃない……堂島くんのおかげで、みじめな気持ちにならずに済んだんだもの)

彼氏を後輩に寝取られるというのは、それなりにショッキングな出来事だったが、勢いとはいえ堂島千秋と体の関係を持ってしまったことのほうが、ずっと強烈だ。

きっと彩羽はいいとか悪いではない感情で、この数時間のことを一生覚えているだろう。

(でも、堂島くんとこれから先のことなんか、考えたくない。ハッピーエンドにはならないも

の）

付き合うなんて、ありえない。勘違いしてはいけない。

彼はちょっとだけ毛色の違った女を抱いて、その気になっているだけだ。

彩羽は覚悟を決めた。

「あんたみたいな女の敵と付き合うなんて、天地がひっくり返っても絶対にイヤ」

「っ……」

彩羽の唇からするりと出た言葉に、千秋は頭のてっぺんを殴られたような表情になり息をのむ。

断られるなんて微塵も思っていなかったのではないか。いや、そもそも堂島千秋を振る女なんているはずがない。だが彩羽は彼を受け入れることはできなかった。

確かにセックスの相性はよかったかもしれないが、だからなんだ。

彩羽はそのまま無言になった千秋から視線を逸らし、枕元の電話の受話器を持ち上げて、

「すみません、先にひとり出ます」

フロントに少し早口で言い、受話器を下ろす。

「彩羽……!?」

そこで慌てたように千秋は立ち上がり、ベッドを下りてきたが、ドアのロックが外れる音を聞いた彩羽は、そのままバッグをひっつかんでドアノブに手をかけ、ひらりと廊下に出る。

「外に出たら、入れなくなるよ」

振り向きざまにそう言うと、

「……っ」

千秋は息をのんでその場に立ち尽くす。さすがにラブホテルで、裸で締め出されるのは躊躇したらしい。

「じゃあ」

またね、ともありがとう、とも言わなかった。

その後——何度か携帯に千秋から連絡は来たのだが、彩羽は一度もとらなかったし、数回ののちに着信拒否をした。今更話すことなどなにもない。だが日が経つにつれ、彩羽は自分のしでかしたことを後悔するようになっていたのだ。

付き合う気はないが、言いすぎてしまったこと。そもそも彼は彩羽を助けてくれたというのに、着信拒否したことも、大人げなかったという思いが残った。

（卒業前に、一言だけでも謝りたい……）

ようやくそう思うようになった彩羽が、堂島千秋が留学するために日本を離れたと聞いたのは、それから間もなくしてのことだ。

そしてこの一件は、いつまでも大きな後悔として残ったのである。

＊＊＊＊＊＊＊＊＊＊＊＊＊＊

ホテルの窓に叩きつける雨は、ニューヨークの景色の輪郭をにじませ、どこだかわからないものに見せる。

千秋との一夜を雨粒がガラスを伝い落ちるその一瞬に、思い出していたらしい。彼との思い出は、胸の奥の箱に仕舞われているはずだが、ふとした瞬間に顔を出す。

「変わってないって言われても、仕方ないじゃない。こうなりたいなんて理想、私にはないんだから」

社会に出て六年。ずっと目の前の出来事を必死にやってきた。SNSで理想や夢を語る、かつての同級生や同期のような気持ちには、不思議となれなかった。

そして気が付けば、恋人に裏切られてニューヨークにいる。

「お前はそれがいいんだよ。地に足がついてるんだなって、思っただけ」

千秋はそう言って、彩羽の頬から手を離し、優雅に長い足を組んで頬杖をつく。

「それで彩羽は、ニューヨークにはなにしに来たんだ？　観光ってわけでもなさそうだけど」

「……その、会社を辞めて。なんとなく、だよ」

さすがに失恋旅行だなんて、千秋には言えなかった。

「なんとなく？」

「そう、なんとなく」

彩羽はしっかりとうなずいて、それから改めて千秋を見つめた。

「だから、今のこういう状況にまだ驚いてる」

「それは、俺もだ」

千秋はそう言って、それから膝の上の彩羽の手の甲に、自身の手を重ねた。

「電話ではああ言ったけど、お前に謝ってほしくて呼び出したんじゃない。ただ、俺も昔は若くて……素直になれなくて……とりあえず付き合おうだなんて誤魔化して、大事なことを言わなかった」

「大事なこと？」

彩羽が首をかしげると、彼は軽く笑ってうなずいた。

「俺がお前を好きだってことだよ」

「――は？」

青天の霹靂とは、まさにこういうことを言うのではないだろうか。

「考えてみたら、高校の時から好きだった……と思う」

「……」

いったいなにを言われたか、いまいち理解できない。

「思うってなに……？　いや、だってそれ……」

天下の堂島千秋が自分を好きだなんて、そんなことがあっていいはずがない。

「私、堂島くんに好かれるようなこと、一切してないよ？」

たとえば過去に彩羽が彼に優しくしたり、彼のためになるようなことをしたとか、そういうことがあるならまだしも、過去の彩羽はただ恵まれた少年だった千秋に悪態をついただけだ。

「俺だって、あれがはっきりと恋だったと気づいたのは六年前だよ。きっちり振られてから気が付いた」

千秋はクスッと笑って、それから甘く瞳をきらめかせながら熱っぽくささやく。

「でも俺の感情に名前がつくずっと前から、お前は俺の中で『特別な女』だった」

「――なにかの勘違いじゃないかな」

自分は平凡を絵に描いたような女だ。兄や堂島千秋のような特別な存在ではない。

きっぱり言い切る彩羽に、千秋は声を出さず、息を漏らすような笑みを浮かべる。

その、どこか愛おしさを込めた『困ったな』と言わんばかりの表情に、彩羽は仰天した。こんな目で見つめられては勘違いと言い切れなくなってしまう。

（いやでも……嘘でしょ……？　無理でしょ……絶対、おかしいよ）

あの堂島千秋に好きだと言われている。告白されている。

喜びよりも、戸惑いの気持ちしか湧き上がってこない。

そんな困り果てた表情の彩羽を見て、千秋は思い切ったように立ち上がり、テーブルを回って座ったままの彩羽の手を引き寄せた。

「これで終わりにしたくない」

かすれた声でささやきながら、ソファーに片手をつき、そうっと彩羽の唇にキスを落とした。ウイスキーの香りが鼻先をかすめて、それからやわらかく唇が吸われる。あまりにも自然で、拒むことすらできなかった。

「っ……！」

背中に走る甘美な感触をいやというほど味わってから、彩羽は慌てて彼の胸を突き飛ばしていた。

「そっ……そんなつもりで来てない……私はただ謝りたかっただけ、あの時はひどいことを言って、あなたを傷つけた、ごめんなさいって言いたかっただけなの……！」

だが千秋は引かなかった。

「謝らなくていいから、今度こそ俺と付き合ってほしい」

「だっ、だから、無理なんだってば！」

若干意固地になっている自覚はあるが、ぶんぶんと首を振る。

千秋は冷静に彩羽を見おろし、切れ長の目を細める。

「なんで無理なんだ。結婚指輪はしてないみたいだが……もしかして恋人がいるのか？」

千秋がためらいながらも、問いかける。

「そ、そんなの、結婚しようと思ってた男に振られたばっかりでいないわよっ！　もう、堂島くんと会うタイミングって、いつもこうなんだから！」

叫んだ瞬間、ハッとした。

売り言葉に買い言葉で、いけないことを口にしてしまった。

「え？」

案の定、千秋は彩羽の言葉に目を大きく見開く。

（ああ、もうっ……最悪だーっ！）

こうなったら逃げるしかない。

彩羽は無言で、跳ねるように立ち上がると、コートを抱えたままドアの外へと向かって走る。廊下の端のエレベーターへと向かった彩羽だが、乗り込む前にあっという間に千秋に捕まってしまった。

「ここから飛び出してどうやって帰るつもりだ？」

彩羽の手首をつかんだ千秋が、顔を覗き込んでくる。少し焦ったような千秋の言葉に、彩羽は自分の状況を理解した。

「あ……」

確かにここは日本ではない。ニューヨークだ。なんだかしまりが悪いが、仕方ない。

「わかった……」

「うん。送る」

それから——千秋はコンシェルジュを呼んで車を用意すると、彩羽と一緒に黒塗りのリムジンに乗り込んで、アパートメントまで送ってくれた。車の中で彼は一言もしゃべらなかったが、「ドアの前まで」と言って、本当に弓子の自宅前まで、ついてきてしまった。

途中、ドアマンのアンソニーが千秋と並んで歩いている彩羽を見て瞳を輝かせたが、気が付かなかったことにしたい。

「送ってくれて、ありがとう」

バッグから鍵を取り出してドアノブに差し込みながら、小さな声でささやく。

「俺、諦めないから」

背後から真摯な声がする。だが受け入れられない。

「——ごめんなさい」

ごめんなさい以外に言えることなんかなにひとつない。

彩羽はまた逃げるようにドアの内側に体を滑り込ませて、そのまま背中でドアを閉めていた。

一度も振り返らなかった。

千秋がどんな顔をして自分を見ているかなんて、絶対に知りたくなかったのだ。

三話「終わりにしたくない」

ニューヨークから帰国して一週間が経った頃――。

（東京の空ってこんなだっけ……？）

マンションの九階から見える景色にぼんやりしながら、彩羽はため息をつく。

会社を辞めるのとほぼ同時に一人暮らしの部屋を引き払い、母と兄が住む都内の分譲マンションに出戻ってきた。家族三人で住む４ＬＤＫのマンションは、バルコニーからの眺めがよく、気候がよければテーブルを出してランチすることもある、お気に入りの場所だ。

だが今日は、いくら外を眺めても気が晴れない。

（こんなことじゃ駄目なんだけどなぁ……わかってはいるんだけど）

いつまでもぼーっと景色を眺めていると、

「彩羽、風邪引くから中に入れよ」

と声がした。振り返ると、兄のヒフミがリビングに立っていて、両手にマグカップを持っている。ピンクのチェック柄をしたマグカップは彩羽がいつも使っているものだ。

「うん……」

窓を開けてリビングに戻ると、思いのほか冷えていたのか、暖房でじわっと体が温められる。大きなL字型のソファーに腰を下ろすと、目の前のローテーブルにココアが置かれた。

「ところで彩羽ちゃんは、いつまで家でボーッとしてんの？」

「ひぃ兄ちゃん、言い方に気を付けて」

確かに窓の外をぼーっと眺めていたが、どうも毒がある。

「事実を言っただけだけど」

「もうっ……」

唇を尖らせつつ、彼が作ってくれたココアを口に運んだ。

「妹がココアをふぅふぅして飲んでる……うん。風情があるな」

隣に座ったヒフミが馬鹿みたいなことを言いながら、コーヒーを飲む。

ラフな紺のパーカーに黒のストレッチパンツというカジュアルなスタイルだが、相変わらずびっくりするほど姿かたちがよかった。少女漫画に出てくるヒーローの擬人化とでもいうのだろうか。本当に漫画からそのまま抜け出してきたような、美形なのだ。

男のくせにシミひとつない白い肌をしており、手のひらサイズの小さな顔が身長百八十センチで八頭身の抜群のスタイルにのっかっている。

日本人には珍しい、くっきりとした平行二重のアーモンドアイは、カラーコンタクトを入れているわけでもないのに、はしばみ色だ。ネコ科の生き物を連想させる、灰色にくすんだ赤みのある黄色の目をしていた。

今は撮影のために少し髪を伸ばしパーマをかけていて、首の後ろでちょこんとくくっているが、それもまた妙な色気があって、『長いのも短いのもカッコいい』とファンの間で大評判になっていた。

「今日はオフなの？」

「いや、午後から舞台の稽古だけど」

「仕事があるなら、私のことなんか、構わなくてもいいってば」

「お兄ちゃんとしては、妹が元気ない姿が気になるんですよ」

そう言ってヒフミは、足元に近づいてきた猫を抱き上げた。

猫の名前は『オスシ』といい、そろそろ十一歳になる。白地で背中全体が茶色の毛で覆われており、小さい頃はアナゴの鮨《すし》に似ていたので、彩羽がそう名付けた。雌猫なので、案の定、彩羽よりもヒフミに懐いている。

（世話をしているのは私なのに……）

兄の腕に抱かれて、ゴロゴロと喉を鳴らすオスシを見つつ、いやこの理不尽は今更だと思いながら、またココアをすすった。

「お前、なんだかんだ言って忙しくしてるの好きじゃん」

「まぁ、そうだけど」

結局、ニューヨークに行っても、アメリカを満喫したかというとそうではなかった。叔母夫婦にあちこち連れて行ってもらったが、ずっと気はそぞろだった。うまく余暇を楽しめない性格をしているのかもしれない。

「もちろん、いつまでもぼーっとしてるつもりはないんだけどさ……」

彩羽の家は母子家庭だ。母はトップセールスを叩き出すバリバリの保険外交員で、兄は赤ちゃんモデルからずっと働き詰めである。

「怠け者だって思ってる？」

その自覚があるため、ちょっとだけしょんぼりしながら問いかけると、

「んなわけないだろ。ただ俺は、遊びにも行かないで、家でひとりでいるお前を心配してるだけだよ」

ヒフミは彩羽の肩を抱き寄せると、その端整で美しい、花の王子様のような顔を近づけてささやく。

「お前は俺の大事な女だし？」

「こらっ」

妙にかっこつけた声色に、彩羽はふんっと鼻を鳴らすと、手のひらでヒフミの口元を覆った。

「妹相手にそういうのやめてくれる？」

「えー、でも本当のことだし。めっちゃ大事だし」

ヒフミはいつものように軽い口調でそう告げると、ふと思い出したように彩羽の顔を覗き込んだ。

「そうだ、お前、うちで働かない？」

「うち？」

「事務所。社員さんが産休に入るんだけど、なかなか後任が決まらないらしくってさぁ」

「あぁ……なるほど」

ヒフミが所属している事務所は、大手というわけではない。所属タレントは三十人程度で、一番の稼ぎ頭はヒフミという、こぢんまりした事務所なのである。とはいえ現在売れっ子の階段を駆け上がっているヒフミが所属していることもあり、頼んでもないのに『社員にしてくれ』とか『お金はいらないから働かせてほしい』という問い合わせも多く、困っているというのは、以前から耳にしていた。

「いいよ。私なら安全だもんね。少々のイケメン見たってフーンだし」

「そうそう。お前はひぃ兄ちゃんを見てるから、そんじょそこらのイケメンになんか、よろめかないよな〜」

自分が特別な男だと自覚している兄の態度はちょっと癪だが、事実だ。彩羽が兄と肩を並べるくらいの男だと思ったのは、千秋が最初で最後なのだから。

「ちょっと考えさせて」

「わかった」

すべてを理解して首を縦に振る彩羽を見て、ヒフミはどこか嬉しそうにうなずくと、跳ねるように立ち上がり、いそいそと自分の部屋に戻っていった。

兄がリビングから姿を消し、膝の上から下ろされたオスシが、不満そうにニャーと鳴く。ついでと言わんばかりに、のびのびと背伸びをしながら、彩羽の穿いていたデニムでバリバリと爪を研ぎ始めた。

「いたた……もうっ。私で爪とぎしないのっ」

ヒフミのことを好きな女と相性が悪いのは、猫でも同じらしい。

「まったくもう……」

彩羽はオスシを抱き上げながら、ぼんやりと天井を見上げた。

二月末になり、三月が見えてきたがまだ朝晩の寒さは続いている。暖かくなるまで、ぼーっとしていようかと思ったが、働くというのも悪くないかもしれない。

結局彩羽は、失恋を癒《いや》すためにニューヨークに行ったというのに、帰国してからは堂島千秋のことを考えない日がないのだ。

(いくら考えても、仕方ないんだけどね)

彼と付き合いたいわけではない。弓子がニューヨークで言っていたように『失恋の傷を新しい恋で癒す』という言葉の意味はわからないでもないのだが、彩羽にはそんなふうに気持ちを切り替える強さがない。どうしても失敗ばかりを見つめて、クヨクヨしてしまう。

最善を選んだはずなのに、失敗ばかりしてしまう自分が間違っているのかもしれないと、不安に駆られる。だからこそ堂島千秋がどうして彩羽なんかを思っていてくれたのか、それが不思議で――つい考えてしまうのだ。

（私に優れた部分なんて、ないのに……）

生まれた時から、周囲から頭ひとつ、いや、ふたつみっつと飛びぬけて美しい兄を身近に見ていた。両親と兄に溺愛されていた小さい頃は気づかなかったが、小学校に通い始めた頃から、『あのお兄さんの妹なのに、これなんだ』と嘲笑されることが増えていった。

それから二十年間、コンプレックスをこじらせ続けた自覚はある。

（人間の価値は容姿だけじゃない。それはわかってる。でも……私、全然、中身もかわいくなかったのに……）

むしろ顔がいいからと、堂島千秋には、ほかの人よりずっと冷たく当たっていた記憶しかない。

「逆に私のほうが容姿差別してたってことになるし……はぁ……」

そんなことを考えて、堂々巡りをしていたのだった。

「うん、やっぱり働いたほうが建設的だわ」

こうやって暇を持て余しているから、つまらないことを考えてしまうのだ。

彩羽はソファーから立ち上がると、ヒフミの部屋へと向かう。

「ひぃ兄ちゃん、私やっぱり働かせてもらうー！」


そうして、三月に入って早々、彩羽は兄の所属事務所――フランス語で『星空』を意味する『シエレトワレ』でアルバイトとして働くことになった。

「いやーっ、彩羽ちゃん大きくなったねぇ！」

大黒様に似た社長は、彩羽の顔を見て明らかに驚いていた。ヒフミの妹である彩羽のことは社員の全員が知っていて、むしろマネージャーなどは顔見知りだ。

「あはは……よろしくお願いします。なんでも言いつけてください」

渋谷《しぶや》の雑居ビルの三階にある事務所の一角で、挨拶を終えた彩羽は、さっそく産休に入る社員から引き継ぎを行うことにした。

週三日、フルタイム勤務でやることは事務所での事務作業と、雑用だ。始業は十時で、終業は七時。事務を担当している社員は彩羽以外に五人いていつも忙しそうだ。

前職とは勝手が違うが、仕事はきちんとこなすつもりだった。

「えっと……電話応対に来客対応、所属タレントのスケジュール管理……ね」

前任者が作ってくれたマニュアルを確認しつつ仕事に取り掛かっていると、あっという間に時間が過ぎ去っていく。

「彩羽～！　お兄ちゃんだよ～！」

お昼直前にバターンとドアが開いて、ヒフミが元気いっぱいに事務所の中に飛び込んできた。

「仕事初日はどう？」

彩羽に与えられたデスクは、入り口に一番近い席だ。ヒフミはニコニコと微笑みながら、勝手に隣の空いた席の椅子を引いて腰を下ろす。というか、まだ数時間しか働いていないのでどうもこうもないのだが、とりあえず、

「今のところは特に問題はないよ」

と、答える。

「そっか、よかった」

そしてヒフミは頬杖をついたまま、人懐っこい表情で顔を覗き込んできた。

「お昼今からだろ？　一緒にランチに行こ～」

「なに言ってるの？　行けるわけないじゃない」

所属タレントとふたりきりで食事に行く事務員がいるとは思えない。プイッと横を向くと、ヒフミは目をまん丸にして両手で頬を挟み震え上がった。

「いやっ、彩羽ちゃんが冷たいっ！　妹にそんな態度取られたら仕事にやる気なくす！」

「あのねぇ……」

冗談だとわかっているが、初日から妹バカは勘弁してもらいたいと呆れかえっていると、

「ヒフミ」

と、背後から銀行員のような風貌の男性が、声をかけてきた。年の頃は三十代半ばで、きちんとしたスーツ姿だ。彼は束田《つかだ》といい三年ほど前からヒフミのマネージャーを務めている。

「つかっちゃん。俺、妹とランチしたいんだよ。いいよね？　いいよね??」

ヒフミはじぃぃ〜と怨念《おんねん》がこもる眼差しで、束田を見つめる。

「はぁ……仕方ないですね」

ヒフミの恨めしげな表情を見て、彼は銀縁の眼鏡を中指で押し上げながら、彩羽に視線を向けてきた。

「すみません彩羽さん、僕もご一緒するので三人でどうですか?」

「まぁ……束田さんが一緒なら」

スーツ姿の男性が一緒なら、万が一ヒフミのファンに見られても大丈夫だろう。三人で、事務所と同じ並びにある、渋い雰囲気の喫茶店に入ることになった。

店内は薄暗く、若い女性はひとりもいない。昔ながらの常連が多い雰囲気だ。ヒフミは慣れた様子で、一番奥の四人掛けの席に座ってメニューを開く。奥の座席の窓際にヒフミが座り、

その隣に束田が座る。彩羽はヒフミの正面だ。

彩羽も一緒に、少し日焼けしたメニューを眺めていると、思い出したことがあった。

「そういえば、事務所近くの喫茶店のナポリタンがおいしいって言ってたね」

「そうそう、ここのこと。熱々の鉄板の上にのって出てくるんだ。おすすめだよ」

「じゃあそれにする」

束田はホットサンド、彩羽とヒフミはナポリタンを選ぶ。

ヒフミの言うとおり、ナポリタンは本当においしかった。

「ひぃ兄ちゃんはもう仕事終わりなの？」

「うん。だから事務所で本読みでもして、お前の仕事が終わるの待ってるよ。一緒に帰ろう」

「えっ？」

食後のコーヒーを飲んで、なにげなく問いかけただけなのだが、仕事が終わるまで待つと言われて仰天してしまった。慌てて隣の束田を見ると、彼は上品にハンカチで口元を押さえながら苦笑する。

「事務所にいて真面目に本読みするだけなので、彩羽さんの邪魔はしませんよ」

「はぁ……わかりました」

過保護すぎると思ったが、初日だから兄なりに心配してくれているのだろう。

そういうことにした。

そして慌ただしく一日が終わり、窓の外はとっぷりと日が暮れている。久しぶりの労働は、確かに疲れたが心地いい疲労感がある。

「天沢さん、アルバイトといわずうちの社員になったら?」

「ほんとほんと。すごく助かっちゃった」

一日かけての引き継ぎは順調に終わった。おなかの大きい女性社員も、ニコニコと笑っている。来週にはいよいよ産休に入るらしい。彼女のつやつやとした朗らかな笑顔を見て、幸せなんだなぁ……と思うと、ほんの少し胸がチリチリと焦げつく気がする。

(嫉妬してるのかな、私……)

別れた恋人とは当たり前のように結婚を考えていた。三年も付き合った男の本質も見抜けない自分が、結婚や出産なんておこがましいが、やはり愛する人と家庭を持てる彼女を、素直に羨ましいなと思ってしまう。

「いやいや、そんな……ありがとうございます」

半分はお世辞だろうが、さすがに兄と同じ職場なんて、仕事がしにくい。今のところは週三日のアルバイトで十分だ。彩羽は恐縮しながら帰り支度を終えて、兄の姿を探す。

「あれ……?」

確か本読みをすると言っていたはずだが、フロアの中に姿はない。会議室にでもいるのか

と、バッグを持ったままそちらに向かうと、

「ばかっ、最低っ！」

と女性の悲鳴がして、中からスタッフなのか、それともタレントなのかはわからないが、若い女性が飛び出してきた。

よく見えなかったが、泣いていたように思う。

（まさか……）

おそるおそる長テーブルが並べられた会議室のドアの中を覗き込むと、案の定ヒフミがいた。頬がかすかに赤い。きれいに指の跡が残っていて、ぶたれたのだとわかる。

間違いない、あの女性とひと悶着あったのだ。どこからどう見ても、いわゆる痴情のもつれというやつに違いない。

（まだこんなこと、してるんだ……）

最近はさすがに落ち着いたと思っていたのに——彼はなにも変わっていない。そう思うと、彩羽の体から、すうっと血の気が引いた。

「ひぃ兄ちゃん……」

「あっ」

彩羽の地の底を這うような声を聞いて、ヒフミがパチッと目を見開いて慌てたように近づいてくる。

「仕事終わった？　デパ地下寄って、ちょっといいデリ総菜とか買って帰ろうぜぇ～」

ヒフミはヘラヘラと笑いながら、少し乱れた髪を手のひらで撫でつけながら近づいてくる。

本当に、何事もなかったかのように落ち着いている兄の顔を見て、彩羽はさらに頭から冷水でもぶっかけられたような気分になった。

「……無理」

「彩羽？」

「無理っ！　ほんとひぃ兄ちゃんの、そういうところ、ほんと、本当にっ、無理ッ！」

状況は違うとわかっているのに、この場を泣きながら立ち去った女性が、自分と重なった。

兄のことは家族として好きだが、この女癖の悪さだけはどうしても愛せない。

彩羽はくるりと踵を返し、そのままエレベーターへと向かい、ひとりで飛び乗る。たとえ帰る場所が同じだとしても、側にいたくなかったのだ。

「あ、彩羽っ！」

後ろから慌てて追いかけてくる気配があったが無視した。

(もう、ほんと最低……！)

目の前がぐるぐるして吐き気がする。それでもなんとか足に力を入れて雑居ビルを出た。

渋谷はたくさんの人で溢れていて、平凡な自分のことなど、すぐに隠してくれる。

(駅に向かうと見せかけて、どっかお店に入ろう)

今は兄の顔を冷静に見られそうにない。

そう考えながら十メートルほどビルから離れたところで、

「彩羽！」

と、艶のある甘やかなテノールボイスが彩羽の足を止めた。

まさかと顔を上げると、正面からネイビーカラーのスーツの男が近づいてくる。

彼が歩いているだけで、それまで退屈そうにスマホを見ていた女子高生も、おしゃべりに夢中だったOL二人組も、吸い寄せられるように彼を見つめて、時を止めてしまう。

雑踏にまぎれたりしない、非凡で特別な男だ。

「うそ……」

なぜ彼がここにいるのだ。見ているものが信じられなくて、何度か瞬きをしたところで、彼――堂島千秋はホッとしたような笑みを浮かべて彩羽の前に立った。

「よかった、お前の帰りに間に合った」

「……は？」

「話せるか？」

「え」

人間、驚きすぎると言葉を失うらしい。ポカンと彼を見上げていると、千秋は少し苦笑して緩く波打った髪をかき上げる。

「だから――」

「彩羽ちゃん！　待って！」

「ひゃっ！」

彩羽は悲鳴を上げる。振り返らなくてもわかる、ヒフミだ。立ち止まったところで、追いつかれてしまったのだ。

（あぁっ、もうっ！）

彩羽は叫び出したい気持ちを抑えながら、目の前の千秋の腕をつかむ。

「今日、車!?」

「ああ……すぐそこに」

彼が軽く道路に視線をやると、そこに運転手付きの黒塗りの高級車が停車していた。

「よし、乗せてください！」

「え？」

「いいから早く！」

とりあえずここから立ち去りたい彩羽は、千秋の腕をつかんで車にダッシュする。もつれるように座席に飛び込むのと、追いかけてきたヒフミが窓ガラスを叩くのはほぼ同時だった。

「すみません、出してください！」

彩羽の言葉に、千秋もうなずく。

「とりあえず頼む」

『ちょっと、彩羽ちゃんそいつ誰⁉　あ、こら、待ってってば！』

動き出した車窓の向こうで、黒いマスクを着けたヒフミが叫んでいるが、聞こえないふりをした。


走り出した車の中で、彩羽はぐったりと背中を丸めてつま先を見つめていた。

「もしかしてストーカー被害にあってるのか？　警察に相談するなら俺が……」

千秋がひどく心配した様子でささやく。

男性から逃げている彩羽を見て、ストーカーと思ったらしい。

「兄なの」

さすがにその誤解は可哀想なので、慌てて否定した。千秋は少し考えて、口を開く。

「……ヒフミ？」

「そう。ちょっと兄妹ゲンカっていうか……ケンカでもないかな。私が一方的に怒ってしまっただけだし」

さすがにこれ以上、兄の醜聞を口にするのははばかられる。

彩羽はふうっと大きく息を吐くと、背筋を伸ばして隣に座っている千秋を見つめた。

「っていうか、堂島くん、なんでここにいるの？　偶然……？　日本には出張かなにか？」

彩羽の問いを聞いて、千秋は口元をほころばせる。

「運命だって言いたいが、そうじゃない。今日からお前が『シエレトワレ』で働くって、『とみ田』の女将に聞いたんだ」

「えっ、ええ〜？　弓子さんが教えたの!?」

勤め先を教えるなんて、とんだ個人情報漏洩ではないか。確かに弓子は千秋と連絡をとれと騒いでいたが、まさかこうなるとは思わなかった。両手で口元を覆いうなだれる彩羽を見て、隣の千秋が顔を覗き込む。

「悪い。俺が無理を言ったから」

「ううん、いいの……弓子さん、そういう人だから……逆に教えて待ち伏せしろって言われたんじゃない？」

「いやまぁ、その……」

彩羽の発言を聞いて、千秋が一瞬しどろもどろになる。

（やっぱり……）

はぁ、とため息をつくと同時に、隣の千秋が彩羽の膝の上に手をのせた。

「それと、出張じゃなくて、日本に帰ってきたんだ」

「え？」

「北米支社から本社に戻ることになった。だからこれから先は日本にいる」

そして千秋は少しためらいながらも、はっきりと口にした。

「仕事も大事だが、日本に帰ったらまずお前に会いたかった。俺、お前のこと諦めたくないって……それを伝えたかったんだ」

彼の美しい黒い目が、熱を帯びながら彩羽を見つめる。

とりあえずふたりで話をしようと、車を停めてもらってたまたま見かけた公園に入る。すでに日は落ちて真っ暗だ。ブランコを照らす灯りだけを頼りに、ふたりでそれぞれブランコに座った。こうなったらもう逃げるのは無理だ。素直に自分の気持ちを話すしかない。

彩羽は腹をくくって口を開く。

「あのね、私……さっき、兄とケンカしたって言ってたでしょ？」

「ああ」

「あの人ね……私にとってはいいお兄ちゃんなんだけど、ものっっっっっっすごく女癖が悪いの。そこが、昔からどうしても好きになれなくて……。年もひとつしか違わないから、見た目で比べられることも多かったんだ。だからお兄ちゃんみたいに、顔がいいのを武器にするような男の人だけは、絶対に好きにならないって、小学生の時から決めてたの」

突然の身の上話ではあるが、発言の真意に気が付いたのだろう。彼はブランコのチェーンを握る手を少し緩めて、苦笑した。

「なるほど……俺が嫌われるわけだ」

「ごめん。お兄ちゃんと堂島くんは違う人間なのに」

「いや、それも間違ってないよ。実際、お前にキツイこと言われた日、教室で最低なことしてたしな。軽蔑されて当然だし……痛いところを突かれたってショックだった」

「……ただの八つ当たりだよ」

「それでも俺にとっては、一大事件だった」

千秋は笑って首を振る。

「こっちを向いてほしくて、だから挽回しようと必死になったんだけど……彩羽は俺なんか見向きもしなかった」

「挽回って……大学で？」

「ああ」

千秋はブランコを揺らしながら、宙を見上げた。

「お前に『自分が特別だって思ってるのか』って言われてから、昔みたいに適当に遊ぶのはやめたんだ。誰と付き合っても長続きしなかったけど、同時進行はやめたし、ちゃんと考えてから付き合うようになった」

「そ、そうだったんだ……」

「もしかして、それも全然知らなかった？」

千秋が少し不安そうな表情になる。

「うん……まったく」

大学時代も千秋はモテにモテていたのは知っていたが、あまりにも遠い存在だったので、彼が真面目になったことなどひとつも知らなかった。ただ、いつも女の人に取り囲まれているな、としか思わなかった。

「そっか……本当に俺、お前に嫌われてたんだな」

千秋はあからさまにガッカリしている。

「ようやく思いが通じたって思った卒業前に、あっさり振られたのも納得だ」

思いが通じた。その言葉にまた胸がヒヤッとしたが、今更だ。

「本当にごめんね……」

「いや俺の自業自得だから、謝らなくていい。それよりも今後の話をしたい」

千秋は笑ってブランコから立ち上がると、座ったままの彩羽の前に立ち、チェーンをつかんで顔を近づける。

「過去の出来事は、確かに俺がやったことだ。反省してるが、もう修正はできない。だから……彩羽にこれからの俺を見てほしい。彩羽の恋人になりたい。いや、恋人にしてほしい」

はっきりと『恋人にしてほしい』と言われて、心臓が跳ねた。

「堂島くん……」

もう千秋の気持ちは疑えない。だがさすがに今すぐ彼を受け入れたいという気持ちには、やはりなれなかった。

「あのね、堂島くん。私は六年前の私とは違うんだよ」

「え……？」

「昔の私のこと、好きになってくれたっていうのは……それは嬉しい。でも今堂島くんが見てる私は、昔の私じゃないよ。堂島くんは過去を美化して今の私を見ているんだと思う。だからもう、恋人になりたいとかそんなこと言わないで。聞かなかったことにするから」

そして彩羽は唇を引き結び、目を伏せる。

キツイ言い方をしてしまったかもしれないが、これは彩羽なりの、精いっぱいの『返事』だった。

「それって……俺が勘違いしてるって言いたいのか」

少しだけ千秋の声が低くなる。

「勘違いっていうか……まぁ、そうかもね」

ごにょごにょとつぶやいた瞬間、

「なんだそれ……けんなよ……」

と、千秋がささやいた。

「え？」

よく聞こえずに首をかしげた瞬間、

「俺の気持ちを、お前が勝手に決めるなって言ってるんだ……！」

千秋が急に大きな声を出して、彩羽はビクッと体を震わせた。

余裕がない千秋を見たのは、生まれて初めてだった。

彼は荒れた雰囲気があった十代の頃からどこか達観していて、どんな時でも余裕だったから、こんなふうに声を荒らげるなんて思ってもみなかった。だからこそ、彩羽は自分が言ってはいけないことを口にしたのだと気が付いて、凍り付く。

そんな彩羽をよそに、千秋は苦しそうに声を振り絞る。

「お前は……お前は、自分が変わったって言うけど、俺は全然変わってないと思ってる。ニューヨークで再会した時も、やっぱりお前はお前だったよ。だから名刺を渡したし、ホテルに呼び出したんだ。悩んで、考えて、やったことだ。だから、俺の思いをなかったことにしないでくれ！」

懇願にも、祈りにも思えるその言葉に、なにも言えなくなった彩羽は、目の前で苦しそうに眉間にしわを寄せる千秋をただ黙って見つめる。

（堂島くん……）

そうだ。彼は過去を見ているのではなく、今ここにいる自分を見てくれている。

本当は自分だって十八の自分と二十八の自分が、大きく変わったとは思っていない。だが千秋から好意を向けられても、今、ここに立っている自分は、彼の過去の思い出で美化された自分ではないのかと、どうしても考えてしまうのだ。

（でも、やっぱり私にそんな価値があるって、思えないんだもの……堂島くんとは釣り合わないって、思ってしまう……）

結局、なにも言えないまま黙り込んだ彩羽を見て、千秋は安心させるように笑みを浮かべ、彩羽の手を包むようにチェーンを握り締めた。

「そういう気になれないっていうお前の気持ちは、もちろん尊重する。お前がそう言いたくなる気持ちも理解できないわけじゃない」

「……ごめん」

彩羽は謝りながら、千秋を見上げる。

「面倒くさくて、ごめん……」

「それは今更だろ。真面目で頑固で、面倒くさいの、お前らしいよ」

「褒めてないじゃん……」

「俺は褒めてる」

思わず唇を尖らせる彩羽を千秋はクスッと笑ったかと思ったら、その場にしゃがみ込み、近い目線で彩羽をまっすぐに見つめた。

「俺は彩羽に振り向いてもらえるよう、信じてもらえるよう頑張るだけだから。それだけは許してほしい」

それは千秋の揺るぎない決意表明だった。

（ここまで言われたら、もう、断れない……）

とりあえず、今すぐ決めなくていいと言われてホッとした彩羽が、

「……うん」

こくりとうなずくと、頭上から「はぁ……よかった」と安堵するため息が漏れる。顔を上げると、少し困ったような照れたような、千秋と目が合った。

スーツ姿の彼がどこにでもいる青年のような表情をしているのを見て、心臓がはち切れそうなくらいに鼓動が強まる。うまくいくはずがないとわかっているのに、どうして結論を先送りにするのだろうと迷ったのは一瞬だ。こんな顔をしている人を、突き放せない。

「さっきは、大きい声出してごめんな」

千秋が申し訳なさそうに謝罪の言葉を口にする。本当は自分が無神経なことを口にしたからだ。だが彼はそれを意識させないようフォローしてくれている。

優しい、気遣いができる人だ。

「そういやヤンキーだったもんね？」

ちょっとからかってやろうと、そんなことを言うと、

「ヤンキーって……いや、俺はそういうんではなかっただろ……」

千秋は少し恥ずかしそうにはぁ、とため息をつきつつ、そっと彩羽の肩に手を置いた。

「家まで送る」

「でも」

「いいから、送らせてくれ」

そう言う千秋の声には、絶対に譲らないという強い決意のようなものを感じた。ここでやりとりをしても、時間の無駄になりそうな気がする。

「じゃあお言葉に甘えようかな……なんだか今日は、疲れちゃったし」

笑ってそう答えると、彼はパッと笑顔になる。本当に嬉しそうだ。

(そっか……こんな顔、するんだ)

それは彩羽にとって新しい発見だった。

なにしろ彩羽の堂島千秋像は、ほぼ高校のあの教室での出来事で最初に固まっていて、その後たいして変化はしていなかったのだ。千秋に思い出を美化しているだけと言っておきながら、自分も彼に対して過去の堂島千秋を見て話をしていたらしい。

(新しい堂島くんを知ったら私、どうなっちゃうの……)

一瞬不安が胸をよぎったが、どうしようもない。

彩羽はこちらを気遣うように隣を歩く千秋を見上げて、こっそりとため息をついた。

その後は言葉どおり、自宅マンションまで送ってもらった。

「ありがとう」

車の中で礼を言うと、千秋はニッコリと笑ってうなずく。

「今度、デートしよう。休みがとれたら連絡する」

「でっ……？　あ、う、うん……」

ふにゃふにゃになりながらうなずいて、そのままフラフラと車を降りて自宅に戻った。

(デート？　私と堂島くんが？)

いきなり誘われて、つい勢いでうなずいてしまった。ちゃんと歩いているつもりだが、足元がふわふわする。

(落ち着かないな……現実を見ろ、私！　しっかりしないと！)

そんなことを思いながらドアを開ける。

「ただいま」

「彩羽ちゃん！」

ドドドド、と足音も高らかに、先に帰っていたらしいヒフミが、駆け寄ってきた。

「ひぃ兄ちゃん」

途端に彩羽の顔がスンッと真顔になると、ヒフミが慌てたように彩羽の肩をつかんで引き寄せる。

「誤解っ、誤解だってば！」

「へぇ……」

「あっ、信じてないっ……」

ヒフミはひぃんと半泣きになりながら、兄から顔を逸らし続ける彩羽の肩を抱いてリビングへと向かった。

「いや、ほんと。あれは事務所のモデルの女の子から、付き合いたいって言われたの断っただけだから！」

「……『ばか、最低』って言われてたみたいだけど」

「体の関係でもいいって迫られたからさぁ……『お前じゃちん○ん勃《た》たないから無理』って言っただけ。そしたらビンタされて……まぁ、叩かれておいたほうがいいだろうと思って、避《よ》けなかったんだけど」

ヒフミはしれっとした様子で肩をすくめる。

「なっ、なにそれ。バカなのっ？」

体の関係でいいと申し出る女性もどうかと思うが、断りの文句が最低すぎて、兄を可哀想だと思う気持ちが一瞬で吹き飛んだ。

「最低、最低っ！」

キーッとまなじりを吊り上げる彩羽を見て、

「本気でそう思ったわけじゃないぞ。俺に余計な未練持たれたくなくて、わざと意地悪言っただけだし」

ヒフミはからっと笑って彩羽をソファーに座らせ、ごまをするように、背後から肩のあたりをグイグイと揉みながら言葉を続けた。

「俺もさすがにアラサーだし、いつまでもそんな浮ついてられないし、今は仕事が一番大事だからさ。それに事務所にそういう相手がいたら、お前をアルバイトに誘うはずないだろ？」

ヒフミの言うことはもっともだ。兄はなんだかんだ言って、彩羽のことを気遣って働かないかと声をかけてくれたのだから。

少し考えて、彩羽はうなずく。

「そうね。さすがにそこまで腐ってないよね、ひぃ兄ちゃん」

「くさ……」

ヒフミははぁ、とため息をつくと、彩羽を背後からぎゅうぎゅうと抱きしめて情けない声を出す。

「でもマジでそういうことしてないから。信じて」

「うん……わかった」

一応、兄の言っていることに筋は通っている。今回は自分が勘違いしたということで、兄を信じよう。

彩羽がこくりとうなずくとヒフミは深々と安堵のため息をつき、それからまたいそいそと彩羽の前に回り、手を取ってソファーから立ち上がらせる。

「母さんが帰ってくる前に、メシの準備しよう！　今日は彩羽ちゃんの記念すべき出勤初日だからな。総菜とケーキは買ってきたから、スープとサラダ作るんだ」

ニコニコ笑うヒフミは、本当にキラキラとして見えた。

(漫画の王子様だなぁ……ほんと)

ファンの女の子たちはヒフミの笑った顔が好きだと言う。彼の笑顔を見ると、癒されると。元気が出ると、喜んでいるのだ。

確かに見栄えのする男なので黙って立っているだけでもカッコいいのだが、笑った顔がいい、というのはいい男の条件だとも思う。

「うん。そうだね」

結局、彩羽は兄のこういうところが憎めない。キッチンに向かって、兄と一緒に食事の準備を始めることにした。

「誤解してごめんね、ひぃ兄ちゃん」

サラダ菜を洗いながら隣の兄にそう告げると、

「いや……まぁ、もとは俺の素行が悪いせいだし。自業自得だよ」

ヒフミは軽く肩をすくめながら、玉ねぎを切る。

「俺が兄だからって、お前けっこう嫌な思いしてきただろ？」

「それは……」

顔がよく生まれてきたのはヒフミのせいではない。

「いいんだ。もっと早く気が付けばよかったけど、俺あんまり頭よくないし、そういうの気づかなかった。ごめん」

ヒフミは苦笑して、それから唇を一文字に引き結ぶ。

「昔の俺とは違うって言いたいけど、口ではなんとでも言えるし。ちゃんと態度で示すつもりだから」

そう言う兄の横顔は、玉ねぎが目に染みるのを耐えているのとは違う、真剣さがあった。

「人ってそう簡単に変われる？」

「もちろん、難しいと思ってるけどね。少なくとも変わりたいって思ってる。お前の自慢のお兄ちゃんでいたいし」

「ふぅん……」

とりあえず最近の兄は、仕事第一らしい。十年前からそうしてほしかったが、昔のことは仕方がない。これからのことを思い立ってくれただけで十分だと思いたい。

彩羽は洗ったサラダ菜をキッチンペーパーで拭きながら、うなずいたのだが、

「――ところであの一緒にいた男、誰？」

ヒフミの問いかけに、ギクッとした。

「……」

「だれっ!?」

無言になる彩羽を見て、ヒフミは血相を変えたが、さすがに今の段階であれこれと話すつもりにはなれなかった。

「昔の知り合い。たまたま、ばったり会っただけ」

とりあえず嘘はついていない。

「ええ〜？　ほんとに？」

ヒフミははぁとため息をつきつつ、彩羽の顔を覗き込んだ。

「あぶないやつじゃないんだね？」

「学生時代の知り合いだから、ちゃんとした人だって知ってるよ」

「そっか……とりあえず、なにかあったら相談するんだよ」

「しないと思う」

そこはきっぱりと断言しておきたい。

「信用がないなぁ！」

彩羽の返事を聞いて、ヒフミは額に手の甲をあてて、大げさに天井を仰いだが、アラサーにもなって兄に恋愛相談をするほうがおかしいので、そこは甘やかさないことにした。

そして、彩羽のアルバイト生活が何事もなく順調に始まった。週三日のフルタイム勤務のおかげで、生活にメリハリが出てきた。休みの日は家事を一手に引き受け、残りの日は仕事をこなす。休んでぼーっとしていた時よりも、心身ともに健康的になっている自覚がある。

失恋の痛手もようやく癒えたと思えるようになった、そんなある日のこと——。

(——連絡、ないな)

昼休み、事務所のデスクでお弁当を食べていた彩羽は、なにげなくスマホを手に取って液晶画面を眺めていた。

そう、ない。千秋から連絡がないのだ。電話をかけるのは無理でも、電話番号は知っているので、SMSでメッセージをやりとりすることはできる。

だがそのメッセージすら届かない。

(デートしようって言ってたのに……)

彼は『休みがとれたら』と言っていた。連絡がないということは、仕事が忙しいのだろう。堂島商事の本社に戻ったのだから確かに暇ではないとわかっているが——。

(少し、寂しいな……)

自分の心の声がはっきりと頭の中に響いたその瞬間、彩羽はハッとした。

(なに考えてるの、私ったら!!)

これではまるで、千秋に恋をしているかのようではないか。

(いや、そんなのありえないでしょ。再会してまだ二回しか会ってないのに!)

彩羽は恋をする時は、ずっと慎重に決めてきた。この人と付き合ったら今後自分の人生はどうなるか、いつだって先のことを考えて、失敗しないだろうと安心してから、飛び込んできたのだ。

(結局まぁまぁな確率で失敗してきてるけど……)

それほど多くない、過去の恋愛を振り返って、彩羽は少しだけげんなりしてしまった。

スマホを握り締めたまま、はぁとため息をついたところで、

「なになに、彼氏からの連絡待ち?」

と、正面のデスクに座っていた女性事務員に尋ねられて、ここが職場ということを思い出し、飛び上がりそうになった。

「ちちち、違います、彼とかじゃないですっ」

ぶんぶんと首を振る彩羽を見て、

「そうなんだ〜。じゃあその前の段階か〜。一番楽しい時期でもあるよね、ふふふっ」

と、事務員さんが笑う。

「だから違いますってばっ」

彩羽はそう言って、パクパクと自分で詰めたお弁当を口に運んだ。

(でも……向こうが誘ってくれないからってモヤモヤしてるの、変だよね)

その次の瞬間——。着信を知らせてスマホがブルブルと震える。慌てて箸を置きスマホを手に取っていた。着信元が元カレである哲也《てつや》だと気づいたのは、光の速さで応答ボタンを押してからだ。

「あっ……」

内心慌てたが、出てしまったのはどうしようもない。

「——も、しもし」

仕方なく電話に出ると、

『あ、彩羽?』

おずおずと言った感じで、名前を呼ばれた。

「……あの、なにか?」

『あぁ……ちょっと話したくって。会いたいんだよ』

「話?」

いったいなにを話すことがあるのだ。今の彩羽には元カレに対する不信感しかない。

会いたいなんて言われても困るだけだ。

「悪いけど、私は特にないから……電話、切るね」

『彩羽、待ってくれっ、まっ……』

なにかを言いかけていたのを遮って、彩羽は通話を一方的に切断してしまった。

最悪な形で別れた元カレと話なんて、こっちはひとつもない。

（なんなのよ、もう……）

ムムムと唇を尖らせていると、興味津々の目でこちらをうかがっている同僚と目が合った。

「――元カレです」

「だと思った〜！」

彼女はケラケラと笑い、「あるある」とうなずく。

「なんていうか、昔付き合った男って、別れても女のほうは自分のこと好きだって勘違いしてるふしあるよね」

「そうなんですかねぇ……」

好きではなくなったから別れを申し出たはずなのに、なぜ今更声をかけてくるのか、彩羽にはまったく理解できない。

「そうそう。こっちはもう割り切っちゃってるのにね。相手にしないほうがいいわよ」

「そうですね……とりあえず無視します」

彩羽はこくりとうなずいて、またせっせと箸を動かすことにした。

正直言って、ニューヨークに行く前と後では、まったく自分の心持ちが違う。今更元カレに振り回されるなんて、真っ平ごめんだった。

電話を一方的に切ったことは、間違っていなかったと思うが、それから哲也からメッセージアプリへの連絡が、毎日朝晩届くようになった。

『おはよう。今朝はいい天気だな』から『今日は疲れたぜ。こういう時は癒しが欲しいな』というような、死ぬほどくだらないメッセージが毎日届く。

『同じ空の下にいるんだな』

というメッセージとともに届く空の写真は、いよいよ意味がわからない。

(彼女がいるはずなのにどうして……？)

もしかしてうまくいっていないのだろうか。だが彼からの浮気発覚後、彩羽はさっさと仕事を辞めてしまったので、そのあたりの事情がよくわからない。

ストーカーと言うほどではないが、実際のストーカー事件の八割が、元カレだとか顔見知りの犯行だと、ニュースで見たことがある。いっそのことブロックしようかと考えたが、それも少し怖くて、とりあえず未読のままスルーしていた。

(プライドが高い人だし……)

昔はそのプライドの高さが仕事に反映されて、カッコいいと思っていた。だが今は、『過去を反省してやりなおしたい』と正直に言ってくれる千秋のほうが、ずっと気になっている。

(とはいえ、連絡はないけど)

いっそもう自分のほうから電話をかければいいのだが、かける理由も思いつかなくて、そのままだ。帰国したばかりだと言っていたから、仕事が忙しいのだろう。なにより彼の仕事の邪魔はしたくなかった。

そんな日が続く中、ある週末、最寄り駅の改札を出てマンションへの道を歩いていると、バッグの中のスマホが震えた。また哲也かとうんざりしながら、スマホを取り出して息をのむ。

着信はなんと千秋だった。

「あっ」

思わず声が漏れる。

あれほど待っていたのに、いざかかってくると途端に緊張してくるのはなぜだろう。

(落ち着け~落ち着け~!)

彩羽は何度か深呼吸を繰り返した後、応答ボタンをタップしていた。

「は……はいっ」

声が震えなかっただろうか。心臓がドキドキと鼓動を刻み始める。

『連絡できなくてごめん。今話せるか?』

涼しくて甘いテノールは、間違いなく千秋のものだった。

「あ……うん。大丈夫。忙しかったんでしょ？」

心臓がバクバクし始めた。スマホを握る手が震えているような気がして、ぎゅっと指に力を込める。

なんだか電話をしている自分を、少し離れたところで見ているような、宙に浮いているような不思議な感覚だ。

『そうだな～……。プライベートの時間は、ほぼなかったな。ゼロだ』

そう言う彼の声は、少し疲れているような気がした。

「もう大丈夫なの？」

『ああ。無事二日間の休みをもぎ取ったからな！』

千秋は嬉しそうにそう言い、それから少し声を抑えてささやく。

『ずっと我慢してたから、彩羽に早く会いたい』

「う……そういうこと、言わなくていいから……」

恥ずかしくて耳が熱くなるのが自分でもわかる。彩羽は少し照れながらも、歩く速度を緩めて道の端っこに立ち止まった。

それから少し、お互いの当たり障りのない話をしていると、メッセージアプリにメッセージが届く。

ちらりと液晶画面を見ると、

『彩羽とやりなおしたい』

『いなくなって彩羽の大事さに気が付いた』

『俺たち、やりなおせるよな』

と、矢継ぎ早に通知が届いてゾッとした。

『今、お前の実家の最寄り駅まで来てる。話がしたい』

(哲也……)

どうやら彼はこの近くに来ているらしい。迷いは一瞬だった。千秋から連絡がきたことで、覚悟が決まった。

(ちゃんと断ろう!)

彩羽はスマホをサッと操作して哲也へのメッセージを返す。

『わかった。北口改札を出たところにファミレスがあるからそこで待ってて。窓際の席ね』

それはほんの数秒のことだったが、その一瞬の無言に違和感を感じ取ったのか、千秋が電話の向こうで『彩羽?』と呼びかけてきた。本当に勘のいい男だと思いながらも、千秋には正直に打ち明ける。

「ごめん。今ね、元カレから連絡があって」

『えっ?』

「やりなおしたいって」

『――』

スマホの向こうで数秒、千秋が息を吸う気配があった。

「あ、ちゃんと断るから！」

彼が動揺しているのが伝わってきて、彩羽は慌てて声を上げる。

「ずっと連絡を無視してたんだけど、しつこいから面と向かってはっきり言うつもり」

『そ、そうか……』

少しホッとしたような千秋だが、ふと慌てたように声を続ける。

『面と向かってって……まさか直接会うのか？　ちょっと待て、いくらなんでも危ないだろ！』

「それがもう、実家の駅まで来てるみたいなの。もちろんふたりきりにはならないよ。近くのファミレスで話すから大丈夫。人目につく窓際の席を指定したし」

我ながらぬかりない指示だったと思う。

『でも……彩羽』

電話の向こうの千秋の声が強張っている。反対される気配を感じた彩羽は、

「話が終わったらちゃんと連絡するから。じゃあ……ごめんね」

一方的に通話を切り、会話を終わらせてしまった。

(堂島くん、ついてくるって言い出しそうだったな)

その気配を感じ取って、彩羽は電話を切ったのだ。

彼に助けてもらったら、きっと楽だろう。誰だって千秋を見たら臆してしまう。だったら自分は、彼に守られながら隣で黙っていればいい。

その場面を想像すると、少しだけ胸が甘くうずく。だが即座にそんなことを妄想する、ズルい自分に嫌気がさしたのだ。自分の始末くらい自分でつけられる。いや、そうしなければならない。子供じゃない、大人なのだから。

大きく深呼吸をした彩羽は、自宅近くまで来ていたのを回れ右して、駅に向かって歩を進めたのだった。

ファミレスに入ると同時に、「いらっしゃいませぇ」とウェイトレスが近づいてくる。時間は夜の九時前で、家族連れやカップルで店内は賑《にぎ》わっていた。誰もが皆楽しそうに見えて、苦しくなる。硬い表情でここにいるのは自分くらいだ。

「待ち合わせです」

そう言って周囲を見回すと、窓際のテーブル席の一番奥に、スーツ姿の哲也の姿があった。

テーブルに肘をついて、少し面倒くさそうにスマホを触っている。

すぐにあの場に行かなければと思うのに、足が動かない。振られたあの夜のことを思い出して、心が雑巾絞りでもされているような気になった。

だがじっとしていても、仕方ない。終わらせるためにここに来たのだ。

（よし……！）

何度か深呼吸をした後、

「——お待たせ」

彩羽は早足でテーブルに近づき、声をかけた。彼は彩羽の顔を見てパッと表情を明るくし、にこやかに微笑む。

「よう」

（なんで笑えるんだろう）

あんなふうに人のことを振っておいて、ニッコリできる彼の神経が理解できない。もしかしたら、自分に都合の悪いことは忘れてしまっているのだろうか。

彩羽は内心ため息をつきつつ、ウェイトレスにドリンクバーを注文し、自分の紅茶を手早く淹れると、哲也の前に改めて腰を下ろす。

「元気だった？」

そう言って口火を切ったのは哲也だった。

「うん」

元気なはずがないだろうと思ったが、それは心の中で消化した。この男に振られて心底弱ってしまったあげく、ニューヨークに失恋旅行にいったなんて思われたくない。

「元気だよ。いつもどおり」

小さくうなずいてアップルティーを口に運ぶ。

「でもさ、お前、いきなり仕事辞めるし、引っ越しまでするから……ビックリしたんだぜ」

やはり後ろめたいのだろう、哲也はぼそぼそとつぶやいた。

仕事を辞めたことに後悔が微塵もないと言えば嘘になる。学生時代、必死に就職活動をして第一希望の会社に入社できたというのに、すべてパァになったのだ。

だがあの時の彩羽はとにかくまいっていた。これから先、会社にいる間は、元カレとその後輩をずっと見続けなければいけないと思うと、耐えられなかった。

自分の心を自分で守ったのだ。

「会社の近くで一人暮らしする必要もなくなったから、契約更新を機に実家に戻っただけよ。新しい仕事もしてるし」

「あ、そうなんだ。まぁお前優秀だしな。どこでだってやってけるよな」

哲也はあからさまにホッとしている。

(いや私はすべてのキャリアがなくなったんだけど……)

結局この男は自分が悪役になりたくないだけなんだと気が付いて、また腹が立った。

(ついでに携帯番号も変えてしまえばよかった)

とはいえ言葉を交わして少し気が楽になった。

彩羽は、カップをテーブルの上に置き、深呼吸をして、数か月前まで恋人だった男の顔を見つめる。

「ねぇ、哲也。私たち別れたよね。なのにやりなおしたいってなに？　どういうことなの？」

彩羽の問いかけに、

「あれはっ……あれは、俺が間違ってたんだ！　それをお前に伝えたかったんだよ！」

哲也は両手をテーブルの上に押しつけ、前のめりになりつつ、彩羽に顔を近づけてきた。

「間違ってた？」

哲也が前のめりになった分、若干引きながらも、軽く首をかしげる。

「ああ、そうだ」

「新しい恋人とはどうしたの……？」

すると哲也は軽く肩をすくめ、

「もう別れるつもりだよ」

と、驚くようなことを言い放ったのだ。

「え……？」

別れる『つもり』？

そもそも別れていないのに彩羽とよりを戻そうと連絡していたのか、ということがものすごく気になった。控えめに言っても最低な気がする。彩羽の中で、哲也に対してかすかに残っていた『付き合っている時間、すべてが悪かったわけじゃない』という気持ちが、この瞬間、完全に消え去っていた。

だが哲也はそんな彩羽の気持ちも読み取れないのか、ペラペラと薄っぺらい言葉を並べる。

「だってさぁ、あいつ、料理もまともにできないんだぜ？　高い外食ばっかりねだるしさぁ。掃除も適当でシーツも洗わないし。ほんとなんにもできなくて、呆れてんだよね。その点お前はいつだって俺のためにメシ作ってくれてたし、シャツにアイロンだってかけてくれてただろ？　だから俺を本当に愛してくれているのは、お前だって気が付いたんだ」

そこで哲也は熱っぽく瞳を潤ませながら、さらに真剣な表情になる。

「なぁ、俺が悪かった。これからはもうお前一筋だから！　あれはちょっとした浮気だったってことで、許してくれよ」

「――――」

突っ込みどころが多すぎて、即答できなかった。

そして脳内で言葉を選ぶために沈黙を守る彩羽の中で、怒りが膨らんでいく。

(こんな人だったの……？　本当に？)

一緒に働いている時はいいところがたくさんあったと思うのに、確かに尊敬していた部分もあったはずなのに、目の前の男の醜態に、どんどん気持ちが落ち込んでいく。

彩羽はテーブルの下、膝の上でぎゅうっとこぶしを握り締め、それから怒鳴り散らしたい、ビンタのひとつくらいお見舞いしたい、という荒ぶる気持ちを手放しつつ口を開いた。

「哲也、私はたまたま料理や家事が好きなタイプだっただけだよ。できないのを『愛がないから』なんて言うのは、今付き合っている人に失礼だと思う」

「でっ、でも……俺の気持ちは……！」

「まず自分のことじゃなくて、今付き合ってる人の気持ち考えたらどう？」

彩羽は怒りをこらえ、唇を引き結んだ。

「そうは言ってもさ、お前、俺のこと好きだろ……？　だからやりなおそうって言ってるんだって。それでいいじゃん」

機嫌を取るような哲也の表情にゾッとした。

「いっ、いいわけないでしょ……？　なにより身勝手な言い訳を聞いてすごく呆れてる。別れてよかったとすら思ってるよ。連絡先はもう消すね。さようなら」

言いたいことをすべて口に出すと、少しだけ胸がすっきりした。もちろん虚《むな》しさがそれ以上に込み上げてくるが、今はその気持ちに蓋をするしかない。

彩羽は財布から五百円玉を取り出して、テーブルの上にのせる。

そして席から立ち上がり、出入り口へと向かったのだが、店を出てすぐに、

「彩羽、待てよ！」

と、追いかけてきた哲也につかまってしまった。彼の手が伸びて彩羽の手首をつかむ。

「ちょっと、哲也っ……？」

「なんでだよ、謝ってるじゃん。許してくれよ。失敗したかもしれないけど、これからはちゃんとするからさ」

「ちゃんとって……私じゃなくて、今の彼女にちゃんとしなさいよ！　でも、それができる人なら、浮気なんかしてなかったと思うけど！」

「彩羽……お前……」

哲也の顔からみるみる血の気が引いていく。それから信じられないと言わんばかりに唇を震わせると、彩羽の手をつかんだまま、グイグイと引っ張って店の裏手に回った。

駅の裏手にあるファミレスの周囲は、マンションが並んではいるが人通りが少ない。

「ちょ、ちょっと……」

若干の恐怖で戸惑う彩羽をよそに、哲也は声を上げる。

「お前、ものわかり悪くない？　そんな女じゃなかっただろ。ああ……あいつが悪いんだよな？　俺たちうまくいってたのに、俺のこと誘惑してさ。たいした女だよ。そう、結婚！　俺、お前と結婚だってマジで考えてたんだぜ？　な、結婚しよ……！　だったらいいだろ⁉」

身勝手な発言に彩羽は言葉を失う。

自分は彼のなにを見ていたのだろう。

結婚だなんて、どの面下げて言えるというのだ。別れ話すら誠実にできなかったこの男と、将来を共に歩もうなんてまったく思えない。

「やめて……！」

彩羽は悲鳴まじりの声を上げて、哲也の腕を振り払った。

「私はあなたのこと、もう全然好きじゃないっ……！　別れても友達でいられる人はいると思うけど、哲也とは絶対に無理だよ、もうっ……！　最低だと思ってるよ！」

ぴしゃりと、勝手な気持ちを押し付けようとしてくる哲也を拒む。恐怖で体がすくんだが、勇気を振り絞る。そして震える手でバッグからスマホを取り出し、着信履歴を表示させてタップしていた。

呼び出し音が鳴ったのは数回だった。

『彩羽!?』

「堂島くん、助けて！」

とっさに叫んでいた。

だが一方、その声を聞いた途端、哲也は見たこともないような形相になり、頬を引きつらせるといきなり彩羽の髪をつかんで、腕を振り上げる。

「このっ！」

「きゃあっ……！」

プチプチと髪が抜ける音がして、目の前に赤い火花が散る。足がもつれてその場で転んでしまった。

「お、お前、男がいるのかよ……！　このビッチがっ！！！」

頭上で哲也が声を裏返しながら叫ぶ。

「び、びっちって……！」

その一言で、一気に頭に血が上った。髪を引っ張られた暴力への恐怖に、怒りが上回った。

彩羽は震える足に力を込めて立ち上がると、持っていたカバンを振り上げて哲也に叩きつけた。

「ふふ、ふっ、ふざけるんじゃないわよ、裏切っておいて私のこと責めるなんて……！　しかも思いどおりにならなかったら暴力⁉　最低、心底最低っ！」

「お前、いろは、クソッ！　女のくせにッ！　またぶっ飛ばされたいのか⁉」

再び腕を振り上げる哲也の前に、彩羽はビクッと体を縮こませる。

とっさに身構えてバッグで頭を庇おうとした次の瞬間、目の前の哲也が視界から消えた。

「え？」

あたりを見回すと、数メートル離れたところに、哲也が転がっている。

「──彩羽」

声のしたほうを見ると、端整なスーツ姿の千秋が立っている。

「ど……堂島、くん……？」

ほんの数秒、彼を千秋だと認識できなかったのは、いつもと雰囲気が違ったからだ。

スーツ姿の彼はいつだって優雅で大人で、色気がある千秋と、目の前の千秋が重ならなかった。

「――」

千秋の目が、彩羽の頭のてっぺんからつま先へと移動する。

ハーフアップにしていた髪はつかまれたせいでずたぼろで、膝下のフレアスカートから覗く足は擦り傷だらけだ。

夜空の星を写しとったような彼の瞳から、光が消えていく。

その次の瞬間、千秋は駐車場に這いつくばった哲也の前に行くと、胸元をつかみ上げたかと思ったら、振り上げた右腕で哲也の顔を殴りつけていた。

「っ……！」

喉がひゅうっと細くなる。だがそれから、何度か哲也が小さな悲鳴を上げたのを聞いて、彩羽は慌てて背後から千秋に飛びついていた。

「堂島くんやめて!!」

右腕にしがみついて叫ぶ。だが彼の力は想像以上で、一度では止まらない。

「駄目だってば、堂島くん!!」

彩羽は慌てて千秋の前に回り込み、正面から彼の胸にしがみついていた。

「私、大丈夫だから、やめて……！」

「――ッ……」

その瞬間、千秋は振り上げたこぶしを震えながら下ろし、歯を食いしばりながら声にならないうめき声を上げる。必死に怒りを押し殺し、そしてその右手をそのまま彩羽の背中に回し、きつく抱きしめた。

そして哲也を見おろしながら低い声で言い放つ。

「彼女の前に二度と現れるな。彩羽に手を出したら殺す。マジで殺す。俺は執念深いぞ」

「ヒイ……！」

哲也は顔のあたりを必死で手のひらで押さえながらも立ち上がり、這《ほ》う這《ほ》うの体《てい》で逃げ出していく。あっという間に彼の姿は見えなくなった。

駐車場はすぐに静けさを取り戻したが、彩羽の心臓はまだドキドキと跳ね、頭の中をごうごうと流れる血の音が聞こえるほど興奮していた。

(堂島くん……私が知らない顔、してた……)

いや、自分が見たことがなかっただけで、昔の千秋はこういう男だったはずだ。

金色の髪をした高校生の頃、荒れていたと評判の彼は、繁華街ではケンカ三昧で負け知らずだったと聞いている。堂島千秋という男は、そういう過去を持っていたのだ。

「――ごめん」

　彩羽が黙り込んだままなのに気が付いたらしい。千秋は彩羽の背中を抱いていた腕をほどき、一歩後ずさった。

「怖がらせて、ごめん……」

　そして胸元からスマホを取り出すと、

「タクシー呼ぶから、それで帰って」

　と乾いた声でささやいた。

「ちょっ……ちょっと待って！」

　彩羽は慌ててその手を止めると、千秋の手を取る。

「手、手、怪我してる……！」

　そう、千秋のきれいな手に血がついている。こぶしのあたりが切れたようだ。

「ん？　ああ……」

　千秋ははぁとため息をつき、右手をブラブラと揺らす。

「うん、折れてない。大丈夫だから、俺のことは気にしなくていい」

　もしかして折れているかどうか、それでわかるのだろうか。

　過去、骨を折ったことがあったのだろうか。

「いや、するよ!?　心配するし気にするに決まってるでしょ！」

　彩羽は混乱しつつも、バッグの中からウェットティッシュを取り出し千秋の汚れた手を拭き、そして替えのハンカチを取り出して彼のこぶしを押さえる。そんな必死な彩羽を見て、千秋が少し不思議そうな顔になった。

「俺が怖くないの」

「ビックリはしたけど……怖くないよ。まぁ社会的には間違ってるし、その、非難されることだと思うけど……！　でも、私が男だったら当然ステゴロでやり返してたよ！　できないから持っていたバッグで反撃しただけだしっ！」

そして彩羽はまったくない力こぶを作って、千秋を見上げる。

正直言って、若干強がった自覚はある。普通に怖かったし、体はすくんだ。だがそれを千秋には知られたくなかった。彼を安心させたかったのだ。

「女子がステゴロとか言うなよ。どこで覚えたんだ」

千秋がふっと笑う。ちなみにステゴロというのは、武器を持たずに素手でする喧嘩のことだ。普通のＯＬは知らない単語だろう。

「それはね、ひぃ兄ちゃんが、ヤンキー漫画原作の２・５次元舞台に出た時に知った単語です。ふふっ」

彩羽は母と一緒に、舞台を何度も見に行った。あれは血湧き肉躍るいい舞台だった。うんうんとうなずく彩羽を見て、千秋の体から徐々に強張りが抜けていく。

「お前見ていると、なんか……」

「気が抜けた？」

「——ああ、そうかもな。ハンカチありがとう」

千秋は自身の右手を押さえながら、周囲を見回した。

ちょうどファミレスの客が出てきて、駐車場で立ち尽くしていたふたりにチラチラと視線を送ってくる。

「……堂島くん、行こう」

彩羽はくしゃくしゃになった髪を手櫛《てぐし》で整えて、千秋の腕を取りその場から離れることにした。

駅に向かって数十メートルほど歩いただろうか。沈黙に耐え切れなくなった彩羽が先に口を開く。

「あの、お礼が遅れたけど、来てくれてありがとう。もしかして近くにいたの？」

「ああ……駅近くのファミレスってあそこしかなかったから、間に合ってよかった」

「そっか……。ごめんね、威勢のいいこと言っておいて、いざとなったら頼っちゃって」

彩羽はあはは、と笑いながら言葉を続ける。

「ほんと、我ながら見る目がないよね……。でも、付き合ってる時は普通だったはずなんだよ。仕事もできるし、よく気が付くし……私は振られるまで、不満らしい不満なんてなかったし。それがなんで髪つかんで引っ張るような男になったのか……。うーん、もしかして私、ダメンズ製造女なのか——もっ？」

突然千秋が繋いでいた手を強引に引いて、ビルとビルの間のごみごみした路地に入る。

「堂島くんっ？」

驚いて息をのんだ次の瞬間、千秋が腕の中に彩羽を抱きしめていた。体を強張らせると、なだめるように耳元で千秋の声が響く。

「髪、引っ張られたのか」

「う……うん」

「あいつの毛もむしってておけばよかったな？」

「あはは……」

今の千秋が言うと冗談に聞こえない。

「ちょっと抜けただけだから」

彩羽はそう言ったが、千秋は声をいっそう抑えつつ、彩羽を抱いた腕に力を込めた。

「馬鹿。お前があんなクソ男から損なわれていいわけないんだ。それになんだよ、不満らしい不満はなかったたって。俺は駄目なのにあいつならいいのか……ってムカつくんだよ」

千秋はブツブツと不満を口にしつつ、それからぎゅうっと彩羽を抱きしめる。

「なぁ、彩羽。本性を見抜けなかったからって自分を責めることない。昔からの友人や、血が繋がった身内ですら、こういうことはある。あんな男を選んだ自分を責める必要なんかどこにもないんだ。お前は悪くない」

はっきりと言い切った千秋の言葉に、

「……うん」

彩羽はこくりとうなずいた。

そう、彼の言うとおり、なぜあんな男と何年も付き合って、なおかつ結婚しようと思っていたのだろうと、我ながら人を見る目がなさすぎると、落ち込んでいたのだ。

「でも……すごく嫌な気持ちになったけど、やっぱり話してよかったって思う。結局私も彼も、お互い相手を『こういう人間に違いない』って、勝手に理想を当てはめてたのよね……だからお互い様じゃないかな」

自分にとって彼はずっと『真面目でいい人』だった。実際、仕事ぶりは真面目だったし堅実だった。だからこれから先の人生も、大丈夫だと思い込んでいた。

そして同時に、哲也にとっての彩羽は『家庭的で男に尽くすタイプ』だったのだ。

お互いが勝手に『こうだろう』と思い込んだ結果が、今こうやって返ってきただけ。

彩羽の反省の言葉を聞いて、千秋は苦笑する。

「お前はほんと、信じられないくらい人がいいな」

「そんなことないよ」

「あるんだ。なんだかんだ言って、昔から優しすぎなんだ」

「そんなことないんだってば」

あんなふうに元カレと決別した後で、勝手にいい人だと思われたくない彩羽は、思わず少し声を荒らげてしまっていた。

「なに、俺の言葉が信じられないのか？」

だが千秋はなにを言ってるんだと軽く肩をすくめる。

「まぁ、元カレのことは置いといてさ……。昔、大学に迷い込んだ子犬、最終的に押し付けられて世話してたじゃん。あれ、お人よしすぎてビックリした」

「え……？　あぁ……そういえばそんなこともあったね」

いきなり昔のことを持ち出されて一瞬呆《ほう》けてしまったが、彩羽はふふっと笑って、目を伏せる。

あれは大学四年の春だっただろうか。彩羽たちが通う大学構内に、子犬が迷い込んできたのだ。その子は黒と白のツートンカラーで、垂れた耳と大きな手をした非常にかわいらしい犬だった。

発見した学生たちは、子犬を囲んでかわいいかわいいと写真を撮ったり餌をあげたりしていたのだが、じゃあこの子犬はどうするかとなると、面倒ごとはごめんだと言わんばかりに、その場を立ち去ってしまった。

そこにたまたま通りがかった彩羽が、『犬好きっぽい』という理由で、子犬の世話を押し付けられてしまったのである。

「でも、私だって一時的に預かっていただけで、保護犬活動をしている人に相談したり、大学構内にポスターを作って貼る、くらいのことしかできなかったよ」

家で飼えたらよかったのだが、実家にはすでに猫の『オスシ』がいて、母が犬の毛アレルギーということもあって、引き取ることはできなかった。

だがそれを聞いた千秋はひどく不満そうに眉をしかめる。

「それをやる人間とやらない人間とじゃ、天と地の差があるんだよ。やって当然のことを実際にやれる人間は、そう多くない。お前はやれる側で……俺はそういうところを尊敬してるんだ」

「え……あ……？　そう、ありがとう」

彩羽がすっかり忘れていたことを、善行のように語り、まっすぐに『尊敬してる』と言われて、全身が熱くなった。もしかしたら今まで千秋がくれたどんな言葉よりも、嬉しかったかもしれない。

だが褒められ慣れていない彩羽は、無性に恥ずかしくなって、モジモジしてしまう。なんとなくそれを悟られたくなくて、犬の話を早口で続ける。

「あ、あのね、その子、保護活動をしているところが間に入ってくれて、一週間くらいでとってもいいおうちに、引き取ってもらえたんだって。すごくかわいかったんだよ。ふわふわで毛足が長くて……洋犬の血が入ってたのかなぁ……」

彩羽は愛猫家《あいびょうか》だが、犬だって負けず劣らず大好きだ。というか生き物は全般的に大好きだった。

そうやって懐かしい気持ちに浸っていると、

「ああ……そういや獣医が、バーニーズマウンテンドッグの血が混じってるんじゃないかって言ってたな」

ふと思い出したように、千秋がぽろりとビックリするような言葉を口にする。

「へぇ……え？　いや、ちょっと待って。どういうことっ？」

まるであの子犬を知っているような口ぶりに、彩羽はぽかんとしてしまった。すると千秋はちょっとだけ視線を外し、それからとても言いづらそうに、唇をもにょもにょと動かす。

「えっと……うちに……っていうか、実家で飼ってる」

「実家!?　え？　じゃ、じゃあなに、引き取ってくれたのって堂島くんだったの!?」

「まぁな。だから会いたかったら、いつでも会わせてあげられる」

開きなおったようなニッコリ笑顔の千秋に、彩羽は何度か口をパクパクさせた後、がっくりと肩を落とした。保護団体の人は『いいおうちに引き取ってもらえたよ』と言っていたが、本当にまぎれもなく『いいおうち』だったらしい。

「な、な、なんでそんなことするの〜……！」

思わず大きな声が出てしまった。

彼が子犬を引き取ったのは偶然だろうか。いや違うだろう。そんなはずない。

「なんでって。お前が就職活動をほっぽり出して右往左往してたから……？」

千秋が居心地が悪そうに視線をさまよわせる。

「じゃあなんで言わなかったのっ？」

「……余計なことをするなって、怒られる気がしたからさ」

千秋が軽く苦笑して、肩をすくめる。

確かに当時の自分なら言いそうで、穴があったら入りたい。

「もうっ……もうっ……」

彩羽はどこに怒りをぶつけたらいいかわからず、込み上げてくる感情を発散するために、小さく地団太を踏んだ。

なんと言っていいかわからない。その昔――まだ学生だった千秋のことを、顔がよくて女癖が悪いから最低人間だと、決めつけていた。恵まれているくせにケンカもするし、暴力も振るうし、自分とは違いすぎるヤバい奴だと思っていた。

実際、最低でひどいところを見ているのだが、だからと言ってそれだけの男ではないと思う。

人は多面性をもつ。いいところもあれば悪いところもある。そしてそれが過去のことならなおさらだ。

見るべきものがあるとしたら『今、ここに自分といる彼』なのではないか。

ただそれだけのことなのに、どうして自分は気づけなかったのだろう。

「……なんか、ごめん。本当にごめん」

彩羽は声を絞り出す。

もっと気の利いたことを言えないのかと自分を殴りたくなったが、そうとしか言えなかった。

「気にすんなよ。俺が勝手にしたことだし。そもそも率先して動いたのはお前だしな。俺は勝手に助けたいって思っただけ」

千秋の広いスーツの胸に額を押し付けると、後頭部を手のひらで撫でられる。

「いつか犬、見に来いよ」

「……名前は？」

「オニギリ。めちゃくちゃデカくなったぞ」

「オニギリって……ふふっ……あははっ……」

確かに白黒でオニギリっぽさはあったかもしれないが、庶民の我が家ならいざ知らず財閥系名門の堂島家で飼われる犬が『オニギリ』という面白ネームだと思うと、なんだか無性におかしくなってしまった。

そうやってクスクス笑っていると、体から力が抜ける。よしよし、と撫でられていると、けば立った心も少しずつ丸くなっていく気がした。

不安が消えて、気持ちが安らぐ。

（不思議だな……）

堂島千秋という花の化身のような男の側にいて、気持ちが休まることがあるだなんて。

そうやってしばらく抱き合っていたのだが――。

（いや、恥ずかしい……）

冷静になると、急にこの状況が恥ずかしくなってきた。

どういうタイミングで離れたらいいのだろうか。

「……どうした？」

頭上から労《いたわ》るような声が響く。それがまた絶妙なタイミングだったので、彩羽は驚いてしまった。彼は彩羽の心が読めるのだろうか。

「堂島くんって……なんかすごいよね。今日連絡くれたこともだけど、あまりに勘が鋭すぎない？」

自分がぼんやりしている自覚があるので、千秋の鋭さに舌を巻いてしまう。うつむいたまま唇を尖らせると、彼はクスクスと笑って彩羽の肩に手を乗せた。

「みんなにそうってわけじゃない。俺がお前のこと、見てるからだ」

「え？」

千秋の手が彩羽の顎先を掬いあげる。

「いつも見てるから……わかる」

千秋の漆黒の瞳がきらめきながら、近づいてきた。

「あ……」

「彩羽にも……俺を見てほしい」

懇願に似たそのささやきは、熱っぽくかすれていた。頬を傾けた千秋の吐息が触れる。

(見てるよ……堂島くんからは、昔から目が逸らせないんだよ。頑張って目を逸らそう、見ないようにしようって思わなきゃ、見ちゃう人なんだよ……)

彼の長いまつ毛がいつもよりゆっくりと羽ばたくのを、彩羽は魅入られたように見つめて――。そっと唇が触れた。

千秋とキスをするのは二度目だけれど、信じられないくらい心臓が跳ねて鼓動がどんどん速くなる。

「これで逃げないなら、期待するけど」

期待――？

(逃げなかったらどうなるんだろう？)

期待というのは、今後のふたりの付き合いに関してのことだろうか。彩羽が眉根を寄せて考えていると、その顔を見て千秋がクスッと笑った。

「お前、時々女子中学生みたいになるのな」

「なにそれ！」

二十八のいい年した成人女性に、中学生とは失礼すぎる。

頬を膨らませた瞬間、

「まぁ、俺はそういうお前に、めちゃくちゃ……惚れてるんだけど」

笑ってはいるが、彼はなんだか少し苦しそうな表情になった。

彼は自分が『魔性の男』だと呼ばれていたことを知っているのだろうか。なぜか彩羽は、この千秋のすべてをさらけ出したような表情に弱かった。

すべてをなげうってこちらを求めてくるような、そんな価値が自分にあるとは相変わらず思えないが、千秋が欲しいと言ってくれるなら、差し出しても構わない。そう思ってしまうのだ。だからもう、自分の心に嘘はつけない。

彩羽は千秋に恋をしている。好きだと思うし、愛おしいと思う。

口に出せば笑われるかもしれないが、彼のためになんでもしてあげたいと思ってしまう。

（まだ、彼とそういう関係になるって、決意ができたわけでもないのに）

自覚した恋心がどんどんと膨れ上がっていくのと比例して、不安も大きくなっていく。

自分が彼にふさわしい女なのかと、そんな特別な才能はなにひとつ持っていないのにと、怖くなる。

「彩羽……」

押し黙る彩羽を見て、千秋は切なそうに名前を呼び、それからかすかに開いた唇の隙間に舌を差し入れる。

「ん……っ」

彩羽の甘い悲鳴は千秋に呑み込まれた。千秋の舌は最初はおずおずと口の中を這い、口蓋を舐め上げる。

「は、ふっ……」

背筋がぞくぞくと震えて、彩羽がびくんと体を揺らすと、千秋はその背中を手のひらで支えつつも、引き寄せてしまった。グッとふたりの体が重なって、スーツ越しなのに千秋の熱が伝わってくるようだ。気が付けば千秋は両腕でしっかりと彩羽の体を抱きしめ、むさぼるように唇を重ねていた。

（あ……頭が、ぼうっと、しちゃう……）

千秋の大きな手が彩羽の耳をふさいでいるせいか、頭の中に舌を絡ませた水音がぴちゃぴちゃと響く。

口の中がこんなに気持ちがいいなんて、知らなかった。千秋の舌はいったいどうなっているのだろう。

なにより、数メートル先の通りには人々が行き交っているのに、暗闇に隠れてこんなことをしていいのだろうか。他人にどう見られるかを気にしてこれまで生きてきた彩羽は、外でキスをしたことなんて人生に一度もなかった。恋人と手を繋ぐのだって躊躇していたくらいだ。

それが今、人目を避けるようにして、こんな大人のキスを交わしている。

ものすごく悪いことをしているという背徳感と、千秋から与えられる甘い快楽が入り混じって、彩羽はすぐにいっぱいいっぱいになってしまった。

（あ……だめ……足に力が、入らない……）

転ばないように足に力を込めつつ、千秋のスーツをつかんだが、足ががくがくと震え始める。

「……あっ」

思わず膝をつきそうになったところで、千秋がいち早く彩羽を抱きとめる。

「腰抜けそうになっちゃった？」

彩羽の顔を覗き込みつつ、いたずらっ子のように尋ねられて、カーッと頬に熱が集まった。

「も、もうっ……いきなりすぎるよ」

吸われすぎて、唇がじんじんと痺《しび》れている。ゆっくりと彼の胸を押し返し千秋を見上げると、彼は濡れた瞳をきらめかせながら彩羽の手を取り、指先に口づけた。

「そうだよな、ごめん。お前の場合はきちんと手順を踏むって決めてたんだけど、つい……」

ついで腰が抜けるようなキスをされては困る。むぅと眉間にしわを寄せる彩羽を見て、千秋はフフッと笑って、それから切れ長の目を細めた。

「とりあえずデートするか」

「う、うん……休みとれたんだよね。いつ？」

「来週の金曜の夜から日曜までは、完全にオフだ。だから台湾《たいわん》に行こう」

「たいわん……台湾……って、えっ、海外っ!?」

「金曜の夜に出発するから、土日休みで十分楽しめるぞ」

キラキラした笑顔の千秋に、彩羽は息をのむ。

「あっ、あのっ……でもっ」

もちろんデートのお誘いは受けるつもりでいた。だがいきなり海外旅行にいこうと言われたら、普通に引いてしまう。まだそこまでの決心ができていないのだ。

そんなことを頭の中で考えて、しどろもどろになる彩羽を見て、

「ちゃんとベッドは別にするから」

と、千秋はささやいた。

「えっ？」

「俺は同じでもいいけど」

妖《あや》しくきらめく瞳と、甘い声色にドキッとする。

なんだかからかわれている気がする。キスをしただけでドロドロに溶けてしまいそうになったのに、千秋と同じ部屋だなんて、それこそ『なにも起こらないはずがなく』だ。

彼を好きだが流されるように体を重ねる過ちは、もう繰り返したくない。きちんと思いを伝えてから、そうなりたかった。

思わず負けてなるものかと、

「私はよくないけど！」

と叫んでいた。それを聞いて、

「だから別々にするって。ほんと次に休みがいつとれるか、怪しいからさ。いいだろ？　お前と楽しい時間を過ごしたいんだ」

千秋が少ししおらしい態度で顔を覗き込んでくる。

楽しい時間を過ごしたいだけ――。

それなら彩羽だってそうだ。堂島千秋と一緒に楽しく過ごしたい。だがそれ以上に、この顔はズルい。ノーと言えなくなってしまうではないか。

「う、うん……」

気が付けば、やはり彩羽はうなずいていた。なんとなく丸め込まれた感じがしなくもないが、彼は旅慣れているだろうし、部屋が違うなら、千秋と一緒に旅行するのもそれほど悪くないかもしれない。いや、むしろ楽しそうだ。

「楽しみにしてるね」

このくらいは言ってもいいだろうと、素直な気持ちでそうささやくと、千秋は目をぱちくりさせてそれからまたぎゅうっと彩羽を抱きしめる。

「ひゃっ」

「あーもうお前かわいすぎ。大好きだよ」

「も、もうっ……！」

軽率に好きだなんて言わないでほしい。心臓が壊れてしまう。

彩羽はジタバタしつつ千秋の腕の中から逃れて、両手で顔を覆ったのだった。

四話「極上デートでノックアウトされそうです」

周囲に学生時代の友達と台湾旅行にいくと言った時、妙にドキドキした。

これが付き合っている男性ならそう言えるし、女友達なら正直に言えるのだが、まだ恋人ではなく、友達と言うには距離が近すぎる異性というのは、説明に困るところでもある。

(なんだか親に嘘ついて外泊する、女子高生みたい……)

昔の話ではあるが、大学生と付き合っていた同級生はよくそんな嘘をついて、少し大人な彼とのデートを楽しんでいた。真面目一直線だった彩羽も、友人たちのアリバイ作りに協力させられたこともある。

だが今は学生ではない。アラサーだ。なのに男の人と旅行にいくと言い出せなかった。たぶんまだ、そこまでの覚悟ができていないのだろう。

(でもまぁ、堂島くんが学生時代の友達っていうのは嘘じゃないしね!)

学生の間は『友達以下』として無視し続けていたというのに、まさかこんなことになるとは思わなかった。

(そう、まだ私は彼と付き合うって決めたわけじゃないし。好きだけど付き合うかどうかは別だし！　だから友達でいいのよ、友達で！）

必死に自分に言い聞かせて、前日に小さめのキャリーケースに荷物を詰め込んだ。

ちなみにかわいい下着を忍ばせてしまった理由は『旅行』だからだ。それ以上の意味はない、はずだ。

「では、お先に失礼します」

いつもは夜の七時まで働くが、今日は五時に上がらせてもらうことになった。とはいえ仕事に手は抜かない。いつも以上に張り切って業務を引き受けている。

「行ってらっしゃい、楽しんできてね～」

「はーい、おみやげ買ってきます！」

快く送り出してくれた事務員さんたちに手を振って、彩羽はキャリーケースを引きながらガラガラと事務所を出たのだが、エレベーターに乗り込む前に、スマホに千秋からメッセージが届いた。

『仕事終わったか？　迎えに来てる』

「えっ！」

金曜の夜、台湾に向けて出る飛行機は成田《なりた》発なのだが、千秋は仕事がいつ終わるかわからないので、成田空港で待ち合わせしようということになっていたはずだ。

不思議に思いつつ『今終わって会社出るところ』と返すと、『荷物重いだろ。そこで待ってて』と言われて、仰天してしまった。

（いやいやいや！　ここって職場だし！）

事務所では社員たちがまだ普通に仕事をしている。千秋のような目立つ人間と一緒にいるところを見られたらなにを言われるか、たまったものではない。

『大丈夫だよ、重くないから！』

とりあえずこの場から一刻も早く離れるしかない。彩羽は慌ててエレベーターの呼び出しボタンを押しながら、メッセージを返す。見ればちょうどエレベーターが上昇してくるところだった。

（よかった、間に合った……）

とホッとしていると、廊下の端から、

「彩羽ちゃん？」

と兄の声がする。振り返るとマネージャーの東田と一緒に、ヒフミが事務フロアの横にある会議室から出てくるところだった。彼らはエレベーターの前で立ち尽くす彩羽の前にまっすぐやってくると、旅装の彩羽を見てニコニコと笑顔になる。

「今からかぁ〜。台湾はマジなに食ってもうまいからなぁ〜。いいなー俺も行きたいよ。ねぇつかっちゃん、無理？　なんとか休みをねじ込めない？」

「無理に決まっているでしょう。なに言ってるんですか」

東田が中指で眼鏡を押し上げながら、真面目な顔でため息をつく。

「だよねぇ……はぁ。つまらん。俺も彩羽ちゃんと旅行いきたいな～」

ヒフミは子供のように唇を尖らせると、頬にかかる髪を耳にかけながら彩羽の顔を覗き込んできた。

「楽しんでおいでね」

「う……うん。ありがとう」

なぜだか兄と目を合わせられない。元来、彩羽は嘘をつくのが苦手なのだ。挙動不審にカクカクしながらもうなずくと、エレベーターがピンポーンと鳴ってこの階に到着を知らせる。

「じゃ、じゃあ行ってくるね！」

彩羽はキャリーケースを持つ手に力を込めて扉に向き合ったのだが――。開くドアの内側から、信じられないくらい華やかな男が姿を現して、驚きのあまり、数歩後ずさってしまった。

そう、千秋だ。時すでに遅し。

首元が大きめに開いた白のカットソーの上に、着慣れた感じの薄手のネイビーカラーのジャケットを羽織った千秋は、長い足をキャメルカラーの細身のパンツに包んでいた。足元はレザースニーカーで、まるで雑誌からそのまま抜け出してきたような美貌だ。

「――彩羽」

彼は立ち尽くした彩羽を発見してニッコリと微笑むと、

「ワンピース、かわいいな」

と甘い声でささやいた。

彼の言うとおり、今日の彩羽は黒の七分丈のカットソーに、ベージュのキャミワンピースを重ねていた。飛行機に乗るので楽な格好をと思ったのが、そんなラフな格好でも、直球で褒められると恥ずかしい。

「あ……ありがとう……」

なぜここに来たのかと文句を言おうと思っていたのに、引っ込んでしまった。

「だってマジでかわいいし。荷物これだけ？」

ささやきながら、ごく当然のように彩羽のキャリーケースを手に取る。

その次の瞬間、

「いやオトコ〜！！！」

唐突に、ヒフミが叫んでいた。ハッとして兄の顔を見上げれば、彼はわなわなと震え、今にも床に膝をつきそうな悲愴な表情になっている。

「ひっ、ひぃ兄ちゃんっ……大きな声出さないでっ……」

彩羽は、慌てて兄の腕をつかみ、激しく揺さぶっていた。

「だ、だって……友達と旅行って……てか、こないだの高級車のやつじゃんっ！ ウッ……ウソだっ、目の前の現実を受け入れられないっ……」

残念ながら、一目見て千秋の顔を思い出したらしい。

（一瞬しか見てないのに……すごい記憶力……）

彩羽は若干うんざりしつつも、兄に近づく。

「ひぃ兄ちゃん、ちょっと落ち着いて……」

「これが落ち着けるかよぉ……彩羽ちゃんが俺に嘘つくなんてよっぽどのことだよ？　男と旅行にいくのを『友達と旅行』だなんて嘘ついてさぁ～……！」

完全に娘を男に取られたと嘆く父親である。

ヒフミは口元を手のひらで覆いながら、わなわなと震えていた。

『友達と旅行』

そのヒフミの発言を聞いて、千秋がほんの少しだけ、表情を強張らせる。

「あ……」

それを見て、彩羽の心臓がきゅっと締め付けられ、苦しくなった。

これはよくない展開だ。だって彩羽はもう千秋を友達だなんて思っていない。キスを許したのも、自分がそうしたかったからだ。彩羽が千秋とキスをしたかった。まだ『堂島千秋』と付き合う覚悟ができていなくて、一歩進んだ関係になるのを保留にしているだけ。友達としか思っていないと思われては、よくない気がした。

「あ、あの……っ」

彩羽はここに兄や東田がいるのも一瞬忘れて、千秋の腕をつかむ。

だが彩羽が言葉を続けるよりも早く、千秋が口を開いた。

「彼女と僕が友達なのは、間違いないですよ」

ニッコリと笑う貴公子然とした千秋は、その声も表情も、完全によそゆきの『堂島千秋』だった。

「ほんとにぃ？」

ヒフミがジト目になりながら千秋を見つめる。

でかい男が顔を寄せ合っているのはなんだか不思議な感覚があったが、千秋は「はい。お兄さんに誓って」とうなずいた。

「ふぅん……」

ヒフミは千秋の言葉を聞いて少し落ち着いたようだ。

「まぁ、それならそれでいいけど……」

子供のように唇を尖らせながら、値踏みをするように千秋を見て、それから彩羽に視線を移し、なにかを考え込んだ後、軽く目を細めた。

「──彩羽ちゃん、ちょっと待って。渡したいものあるから」

そう言って、事務所の中へと戻っていった。

（どうしよう……訂正できなかった）

彩羽はがっくりと肩を落とす。末端がひんやりしている。混乱して言葉は出てこない。

「失礼ですが、どこか事務所に所属しておられますか？」

その声に顔を上げると、東田が胸元から名刺を差し出し、真剣な顔をして千秋に詰め寄っていた。さすがプロだ。千秋にさっそく目をつけている。

「すみません、芸能活動には興味がなくて」

やんわりと名刺を受け取ることを固辞した千秋に、

「そうですか……非常に残念です」

東田は本当にガッカリしていたが「気が変わったらぜひ」と強い調子で繰り返していた。

それから間もなくして、

「彩羽ちゃん」

ヒフミが封筒を持って戻ってくる。

「これ、餞別《せんべつ》……楽しんでほしいから」

不服そうながらも、淡いピンクのかわいらしい封筒を差し出された。行き違いの原因になってしまったとはいえ、それはもともと自分の責任だ。今は兄の心遣いが嬉しい。

「ありがとう」

と受け取ると、千秋が背後から口を出す。

「彼女には俺がついているので大丈夫ですよ」

「それがなんか、やなんだよなぁ……」

ヒフミははぁとため息をついたのだった。

千秋が事務所の近くに停めていた車は、美しいワインレッドの国産スポーツカーだった。華やかな千秋に似合いのカラーだ。トランクに彩羽のスーツケースを入れて、そのまま車へと乗り込む。

「ねぇ、どうして事務所まで迎えに来たの？」

助手席に腰を下ろした彩羽が、シートベルトを締めながら問いかけると、

「事務所にはモデルとか、タレントとか、たくさんいるわけだろ？　ついでだから牽制しようと思って」

千秋はエンジンをかけながら、おかしなことを口にした。

「……いや、ありえないから」

彼らが自分をそういう目で見るはずがない。

「ありえるんだ。彩羽は自分を過小評価しすぎ」

だが千秋はゆっくりと車を走らせながら、言葉を続ける。

「確かにヒフミみたいな派手さはないけど、彩羽は美人だしきれいだよ。背筋はいつも伸びて

るし、歩く時とか、椅子に座っている時も所作が美しいんだ。ちょっと目端の利く男なら、彩羽をほっとかない。上等でいい女だってすぐにわかる」

「えっ……そ……そう？」

兄と比べられて、舐められてたまるものかといつも背筋を伸ばしていたのは、本当だ。それがまわりまわってそういうふうに見えたのなら、悪くなかったかもしれない。

「でも、あんまり褒めないで」

とにかく他人から褒められ慣れていないので、すぐに恥ずかしくなってしまう。思わずうつむいたところで、すうっと頬を指の背で撫でられた。

「まぁ、彩羽のかわいいとこ、俺だけが知ってればそれでいいんだけどな」

唇の端を持ち上げてニヤリと笑う千秋に、彩羽はさらに赤面してしまった。

「だからあんまりそういうこと、言わないでほしいんですけど！」

「いや、言う。言わないと伝わらないって学んだし、俺はこの旅行に懸けてるからな」

「うぅ……」

「お前を好きだって隠さないから、思う存分意識してほしい」

「もうっ！」

甘い言葉を次々と投げつけられて、死にそうになった。ここまで来たらからかわれている。そうに違いない。

「あはは！」

顔を真っ赤にして膨れる彩羽を見て、千秋は楽しそうに笑う。

(好きだって言われてる私ばっかり、ドキドキしてる気がする……)

ハンドルを握る千秋を横目に、彩羽は大きくため息をつくのだった。


金曜夜発の台湾行きは人気らしく、成田空港はかなりの人で賑わっていた。千秋が選んだ便は日本のキャラクター会社と提携している台湾の航空会社で、日本を往復する便には人気キャラクターのラッピングが施されているのだとか。

なにげなくスマホを見ると、ヒフミからメッセージが届いていた。

『餞別、彩羽ちゃんがどうにも困ったって時に開けてね』

どういう意味だろう。お土産を買うお金はちゃんと持っているし、クレジットカードだってある。

どうにも困る——という瞬間は訪れない気がしたが、とりあえず『ありがとう。楽しんでくるね』と返事をしておいた。

出国審査を終えてガラス窓から外を見ると、大きなリボンをつけた黒猫が機体全体にデザインされた飛行機が停まっていて、途端にテンションが爆アガリしてしまった。

「ああっ、すごいかわいいっ……！　さすが企業コラボ！」

思わず我を忘れて、スマホでパシャパシャと写真を撮っていると、

「喜んでもらえてよかった。お前、好きだろ？」

隣で千秋が蕩けるような甘い目をしてささやく。

「うん、好き……って、どうして知ってるの？」

台湾に向かう便はそれこそＬＣＣを含めてかなりの数があるはずだが、偶然ではないということだろうか。

「大学生の時、文房具あれで揃えてたじゃん。最近だと、タオルハンカチとか目立たないやつに変えてたけど。今でも好きなんだって思った」

「〜〜!?」

千秋の指摘にカーッと頬が熱くなる。

「よ、よく……」

「見てるだろ？」

千秋はクスッと笑って、それから彩羽の手をそっと握り指を絡ませる。

「だから、俺も見て」

「……」

ちらりと顔を上げると、彼の黒い目がキラキラと輝きながらこちらを見つめていた。

彩羽はすうっと息をのみ――。

「……見てるよ」

と告げる。

これは彩羽なりの告白だった。兄の手前『友達と旅行』ということにしてしまったが、そうじゃないとわかってほしかった。

(お願い、伝わって……!)

祈るような気持ちで、好きだという気持ちを込めて、彼の目を見つめ返す。

「そっか。今、見てくれてるな」

だが千秋は、そんな視線を受けても、色っぽく笑うだけだった。だがそれも当然だ。こんな曖昧な態度で、言葉以上の意味など伝わるわけがない。

(ああ〜私のチキン! 弱虫、毛虫!)

だがここは外だ。だから言えなかったんだ。そう自分に言い聞かせながら、目を伏せる。

(二泊三日もあるんだから、絶対にチャンスがあるはず!)

ドキドキしつつも固い決意を心に秘め、機内に乗り込む。

案内されて向かった2―2―2の座席シートは、随分と広々していた。ニューヨークにひとりで行った時は、当然エコノミーだったが、このシートはワンランクもツーランクも上のようである。窓際の席に彩羽が座り、通路側に千秋が腰を下ろす。

「ね、ねえ、堂島くん。私、お金払うからね……?」

今更だが、今回の旅の申し込み手続きは、すべて千秋がやってくれた。

旅慣れない彩羽は『なにからなにまでやってくれて助かるな～』くらいの気持ちだったが、こうやって優先して座席に案内されて、ほぼフラットな状態まで倒せるらしい広いシートに腰を下ろすと、いったいいくらかかったのかとビクビクしてしまう。

支払いは旅行から帰ってきてからすればいいと思っていたが、先に自分で払う意思を伝えておくべきだった。

「気にしてるのか」

千秋があっけらかんとした表情で首をかしげる。

「するよ、当たり前でしょ？」

「俺が誘ったんだから、気にするなよ」

彩羽の眉間に指を置いてくるくると回す。

(眉間のしわを伸ばされてる……)

「でも」

「でもじゃありませーん」

千秋はさらりと言い放ち、そして肘置きに頬杖をつく。

「俺、彩羽に支払わせるつもり、一切ないんで」

「ええっ……？」

「てか今すぐ養いたいくらいだし」

「それはちょっと……」

冗談だとわかっているが、慌てて首を振る。

「だよなぁ。お前ならそう言うと思ってた」

機内アナウンスを背景に、クスクスと笑う千秋は長い足を持て余し気味に組んで、目を細める。

「でもまぁ、この旅行は俺が行きたいって誘ったんだから気にしないで。彩羽が旅を楽しんでくれたら、俺にとっては十分ご褒美なんだ」

「堂島くん……」

確かに彼は堂島グループの御曹司で、お金なんかうなるほど持っているだろう。それは頭ではわかっているのだが、今まで男性に甘えた記憶がない彩羽は戸惑ってしまうのだ。

「でも、私なんにも返せないんだもん……」

正直言って、今の自分は彼の恋人でもない。ただ彼が一方的に与えてくれる優しさを受け取っているだけだ。

(そんなの、フェアじゃないわ)

そんなことを真面目に考えていると、千秋は「じゃあ」と顔を覗き込んできた。

「じゃあ俺のこと、堂島くんじゃなくて、名前で呼んで」

「えっ⁉」

何を言っているのかと思わず目をぱちくりさせてしまったが、

「そしたら俺、めちゃくちゃ嬉しくなると思うよ」

少し冗談めかしてはいたが、彼の目は本気だった。

「あ……名前……？」

堂島くんではなく、千秋――と呼んでほしいと彼は言う。

ただ、苗字呼びから名前呼びに変えるだけ。彼の友人や知人は、当たり前のように名前で呼んでいるはずなのに、ずっと『堂島くん』と呼んでいた彩羽にとっては、とても特別な気がして、喉がきゅうっと締まってしまう。

そんな動揺が顔に出てしまったのだろう。

「まぁ、無理ならいいけど」

千秋は即座ににっこりと笑って、誤魔化してしまった。

こういう時、千秋をそつがない人だと思うのだが、同時に甘やかさないでほしいと思ってしまう。

(私って勝手だな)

こうやって一緒に海外旅行まで来ているのに、自分の意気地のなさが情けない。

膝の上でぎゅうとこぶしを握り締める。

「……くんっ」

「え?」

だが、勇気を振り絞って口にした彼の名前は、機内アナウンスにかき消されてしまった。

当然、聞き取れなかった千秋が目をぱちくりさせる。

「あぁ、もうっ……」

こうなったら半分やけである。彩羽は左隣の千秋に顔を寄せて、片手で彼の耳を覆いながらささやいた。

「千秋くんっ……これでいい?」

「——!?」

勢い余って、彼の形のいい耳朶《みみたぶ》を唇がかすめてしまった。

千秋はパッと顔を離すと、右耳を手のひらで押さえて目を大きく見開く。

「おっ、おまっ……」

「あ……ごめん」

触れた唇がなぜかヒリヒリした。

思わず口元を手のひらで覆うと、

「そうじゃないって……はぁ～……なんでいきなり耳元で名前呼ぶの。破壊力ヤバすぎ」

珍しく動揺した千秋は、何度か胸に手を当てて深呼吸を繰り返し、息を整えた後はなんだか悔しそうに、こちらをにらみつけてくる。

「シートベルトしてなかったら、飛び掛かってたぞ。命拾いしたな」

「そんな犬じゃないんだから」

堂島千秋はそんなお行儀の悪いことはしないはずだ。彩羽が苦笑すると、千秋はそれを聞いて喉の奥でククッと笑う。

少し照れたような、でも満足そうな顔をしている。

名前を呼んだだけでこんなに喜んでくれるなんて、もっと早く呼べばよかったと今更ながら思ってしまった。

「まぁ、俺は狼だよな」

「オオカミ……」

こんな上品な狼がいるかと思ったが、

「ガオー、だ」

千秋はどうも狼を自称するのが気に入ったらしく、クスクスと笑いながら切れ長の目を細め、楽しそうに彩羽を見つめるのだった。

離陸後、間もなくして機内食が配膳される。洗練された美しい磁器の器にのせられた、前菜や小籠包《ショーロンポー》、サラダにデザートまで、至れり尽くせりだ。

(お弁当箱みたいなやつじゃない……料理が陶器のお皿にのってる……！)

こんなことではしゃいでいる人間はいないので、必死に我慢したが、機内食はすべておいしくいただいた。

「なにか飲み物が欲しかったら頼めるけど」

「ううん、大丈夫」

成田から国際桃園《とうえん》空港のフライトは約四時間らしい。食事を終えた彩羽は、音楽を聴いて過ごしたが、隣の千秋は薄いタブレットを取り出して、なにかしらの仕事をしているようだった。

(休みをもぎ取ったって言ってたけど、完全にお休みにはできてないんだろうなぁ……)

それでも彼は、自分と旅行にいくために努力してくれたのだ。

(困ったな……こんなの普通に嬉しくなっちゃう……)

そうやってちらちらと隣の千秋を見ていると、

「気になる？　遊びに来ているのに仕事してごめん」

彼はカバーを兼ねているキーボードを閉じて、少し申し訳なさそうに眉をひそめた。

「えっ、あっ、違うよ！　逆だから」

「逆？」

「頑張って時間作ってくれたんだなって、嬉しかった……から。だから気にしないで」

彩羽は小さい声で、ぼそぼそとつぶやく。

「そ……そっか。ありがとう」

千秋はホッとしたように息を漏らすと、またタブレットに視線を戻し、メールを返し始める。

遠慮がちにキーボードの上をすべる千秋の手は大きく、指はほっそりと長く美しい。

（この人の造形で、きれいじゃないところなんてあるのかな……）

ふと、六年前に裸で抱き合った時のことを思い出す。

『彩羽っ……』

痛みに耐える修行僧のような目。滴り落ちる汗は、彼の形のいい鎖骨を伝ってぽたりと彩羽の肌の上に落下した。

彩羽の心の奥までえぐるような彼の突き上げは、甘美な痛みを彩羽に与えてくれた。

激しく、強引に奪ってほしいと願ったのは、後ろめたさがあったからだろうか。自傷行為にも似たあのセックスは、間違いなく彩羽を天国へと連れて行ってくれた。

彩羽の腹の奥がきゅんとうずく。その、体がとろりと蜜をこぼす感覚に、

「……あっ」

彩羽はハッと我を取り戻し、体を強張らせる。小さく悲鳴を上げた彩羽に、隣の千秋がちらりと視線を向けた。

「どうした？」

「……なんでもないよ、ごめんね」

彩羽はアハハと誤魔化すように笑って、イヤホンをつけなおして音楽に集中する。

(いやいや、私ったらなに考えて……最悪ッ!)

まさかこの場で、あの夜のことを思い出すなんて、千秋に知られたら憤死ものだ。

(大丈夫、大丈夫! 私たちの部屋は別なんだから、そういうことにはならないもんね!)

目をぎゅっと閉じて必死に邪念を追い払ったのだった。


台湾と東京の時差はマイナス一時間らしい。時計を一時間だけ巻き戻して、出国ゲートを出てすぐの乗り場から提携のタクシーに乗り込み、市内のホテルへ四十分ほどかけて向かったのだが、そこで衝撃の展開が待っていた。

「えっ、嘘でしょ⁉」

部屋に入って悲鳴を上げる彩羽の隣で、千秋は軽く肩をすくめる。

「嘘とは?」

「いやだって……ここ、どう考えてもふたりで泊まる部屋だよね⁉」

彩羽はわなわなと震えながら、部屋の中を見回していた。

台北《タイペイ》市内の中心地にある外資系五つ星ホテルは、最高にラグジュアリーな環境だった。部屋の広さはなんと三百平米以上あるらしい。リビングやダイニングがあるのは当然として、ウオークインクローゼットまでついている。この部屋に滞在するようなセレブは、ここに色とりどりのドレスや洋服をかけて、優雅な日常を過ごすのだろう。

「まぁ、そうだな。今日と明日、ふたりで過ごす部屋だ」

千秋は荷物を運んでくれたポーターにさりげなくチップを渡しながら、ニコニコと笑って彩羽の肩を抱く。

「同じ部屋じゃないって言ってたよ!?」

彩羽は彼の胸を突き飛ばして、ささっと距離を取る。旅行に誘われた時、間違いなくこの耳で聞いたはずだ。

だがしかし、千秋は彩羽の言葉を聞いて、

「俺が言ったのは、『ベッドは別にするから』だ」

とさらりと言い放つ。

「ベッドは別……？」

（私が『部屋は別』だって思い込んだだけで、最初からベッドが別なだけって言ってたってこと……？）

なんとかあの時の話を思い出そうとしたが、さすがに記憶からは抜け落ちていた。そう言われると、まったく自信がなくなってくる。

「……」

黙り込んだ彩羽を見て、千秋は機嫌を取るように顔を覗き込んだ。

「なぁ、彩羽。せっかく旅行に来たのに、別々の部屋で何時間も寝るなんてもったいないだろ。寝る直前までおしゃべりとかしたいじゃん」

「おしゃべりって……」

本気で言ってるのだろうか。自分の魅力がわかっているくせに、女の子同士のお泊まり会みたいなノリで言わないでほしい。

「もう……」

彩羽は唇を尖らせながらも、気を取りなおして部屋の中を見回した。

部屋は、アールデコ様式を基本にしつつ、どこかアジアの香りが漂う最高級のプレミアム空間だ。部屋の中の仕切りは基本的にほぼガラスで、部屋の広さを満喫するためか見通しがいい。窓の外には、台北市内の美しい夜景が広がっており、東京とは違う景色に見とれずにはいられなかった。

（一応、寝室を見に行こう……。これだけ広いんだから、めっちゃ離れてるかもしれないし）

部屋の奥にあるベッドルームへと向かうと、確かにそこには大きなベッドがふたつあり、適切な距離を保って並んでいた。

壁には抽象画と間接照明が並んでいて、ベッドルームだけで、彩羽がひとり暮らししていた部屋よりずっと広いが、寝顔だってばっちり見られる距離だ。

「そうだけど～！」

「な？　ベッドは別々だろ？」

「……」

立ち尽くす彩羽の肩を、千秋が軽く抱き寄せる。

彩羽はよろめきながら、そのまま大きなベッドにうつ伏せでダイブしていた。

（さすがスイート……ベッドの心地よさが尋常じゃない……）

現実逃避に、つまらないことを考えてしまった。

果たして千秋と同じ部屋で眠って起きて、自分は平静を保っていられるのだろうか。飛行機の中で初めて彼に抱かれた夜のことを思い出し体を熱くした自分が、まったく信用ならない。

目先の快楽で抱かれたいと思ってしまう気がして、そんな自分が嫌でたまらない。

（私はまだ、堂島くん……じゃなくて、千秋くんと付き合うって覚悟、決められないんだよ……――！）

彩羽は毎回、恋人になる相手は『結婚相手』として考えて付き合ってきた。付き合うと決めたなら、将来を見据えられる相手でないと話にならなかった。六年前のあの夜の一件を除いて、衝動で相手を決めたことは一度もない。

だが千秋はそんじょそこらのセレブとは違う。旧財閥出身の堂島グループの御曹司で、普通なら親や親族が決めたきちんとした女性と結婚するはずだ。

（もちろん、千秋くんが私のこと、真面目に考えてくれてるのはわかるけど……）

いや、本当にわかっているのだろうか。もしかしたら口にしないだけで、結婚と恋愛は別だなんて思っているかもしれない。

（でも、将来のこと、どう思ってるのなんて聞けないよ……！）

気になるなら聞けばいい。今まで自分がそうしてきたように、『自分たちの将来について聞きたいんだけど』と、伝えればいい。

だが——無理だ。なぜだろう。千秋には聞けない。聞いて彼が少しでも困った顔をしたら、どうリアクションをとればいいのかわからないし、おまけに二度と立ちなおれない自信がある。

（変なの。私、どうしちゃったんだろう）

今まで恋愛をして、こんなふうに悩んだことはなかったのに。

そうやってほんの少しの間、落ち込んでいると、すぐ近くでベッドがきしむ気配があった。

「彩羽、俺はお前が本気で嫌がることはしないよ。俺と離れてひとりで過ごしたいって言うんなら、俺が別の部屋に移ってもいい。ここは彩羽が使ってくれ」

千秋がベッドの縁に腰を下ろして、彩羽の頭を撫で始める。

「えっ」

まさかの発言に、彩羽は体を強張らせる。

(でも……この部屋ってすっごく高いよね？　それを私ひとりで使って、自分は別の部屋って……)

驚いて顔を上げると、彼はどこか気落ちした様子でこちらを見おろしていた。まるで捨てられた子犬みたいな顔をしている。

「ちょっと、その顔は反則だよっ……」

「その顔って？」

千秋が軽く首をかしげる。

「だから、なんか寂しそうっていうか……」

さすがに犬とはもう言えなかった。

「そりゃ寂しいよ。俺、信頼されてないんだなって」

千秋は少し拗ねたように声のトーンを落とす。

「信頼って……どうしてそうなるのー！」

彩羽が上半身を起こすと同時に、千秋がクスッと笑って、顔を近づける。

「じゃあ信じてくれる？」

潤んだ魔性の目が彩羽をまっすぐに見つめる。

この瞳に見つめられて、どうしてノーと言えるだろうか。

「……わかった。ごめんね」

しかも謝ってしまった。よくよく考えてみれば、あの勘の鋭い堂島千秋が彩羽の言う『部屋が別』を『ベッドが別でいい』と勘違いするはずがない。最初から彩羽を言いくるめるつもりだったのだろう。

「よかった」

彩羽の言葉に千秋はホッとしたように笑って、それから壁にかかっている大きな時計を見て、

「シャワーを浴びて今日は寝よう。明日は楽しもうな」

と、満足げに微笑んだのだった。

翌朝、目が覚めたのは彩羽のほうが先だった。

瞼を持ち上げると、天井に描かれた美しい蔦《つた》模様が目に入った。寝返りを打つと、一メートルほど離れた隣のベッドに、すやすやと千秋が眠っている。羽根枕を抱えた千秋は本当にリラックスしているようだ。

（とはいえ、私もぐっすりだったけど……）

同じ部屋で眠ることに抵抗を示した彩羽だが、いざベッドに入ると割とすぐに寝入ってしまった。飛行機移動でさすがに疲れていたらしい。

彩羽は千秋を起こさないよう気を付けながら、そっとベッドから抜け出し、顔を洗いに行く。指紋ひとつついていないガラスの壁に囲まれた水回りは大理石の床になっていて、すぐ隣にジャグジーが並んでいる。

(このジャグジーって、水着で入る……わけじゃないんだよね。裸だよね……？　開放的すぎない？)

昨晩、すりガラスの陰に隠れてシャワーを浴びたのを思い出す。二泊したところで、この部屋に慣れることはなさそうだ。

顔を洗って、下着の上に羽織っていたワッフルガーゼガウンを脱ぎ、今日の洋服に着替えることにした。ビタミンカラーである黄色のロングプリーツスカートに白のカットソーを合わせて、カーキの薄手のパーカーを羽織る。日焼け止めを塗ってパウダーをはたき、眉とチークを入れたところで、

「おはよ……」

と声が聞こえた。

「あ、おは――きゃ～～っ！！！」

声のしたほうを振り返ると、なんと千秋が上半身裸で立っているではないか。

「なんで着てないの！」

絶叫しつつ、後ずさってしまった。

「シャワー浴びないと目が覚めないんだよ……ふぁぁ……」

千秋は寝癖だらけの頭のまま、穿いていた下着のボクサーパンツ（！）に手をかける。

「もうっ！」

彩羽は慌てて顔を逸らし、どたばたとその場を離れてリビングへと向かった。

間もなくしてシャワーの水音が聞こえる。

それからしばらくしてタオルで頭をゴシゴシしながら千秋が戻ってきて、リビングのソファーに腰を下ろした。ペットボトルに入ったミネラルウォーターを、ゴクゴクと飲み始める。

「ドライヤーで乾かさないの？」

「乾かしたことない。自然に任せてる」

あっけらかんとした表情に、

「ええっ。傷んじゃうよ？」

彩羽は慌ててバスルームからドライヤーを持ってきて、千秋の背後に立つ。

「お前が乾かしてくれるの？」

千秋が驚いたように肩越しに振り返る。

「まぁ、そのままって言われたら気になるし」

普段は少しくせがある髪なので、おしゃれパーマなのかと思っていたが、濡れている状態の黒髪は、ペタンとしているのでどうやらあれは地毛らしい。

(ちょっと羨ましいかも……)

どれだけパーマをかけてもビクともしない彩羽は、ふわふわ髪に憧れているのだ。

ドライヤーで前髪から乾かし、全体的に手を入れながら乾かしていく。次第に波を打ち始める髪が面白くて、つい夢中で乾かしてしまった。

「ありがと」

「あっ、待って。オイルもしたほうがいいよ」

彩羽はどたばたとアメニティが並ぶコーナーからオイルの入った小瓶を持ってきて、手のひらに伸ばし彼の前に回って毛先に揉み込む。

ソファーに座ってされるがままの千秋は、じぃっと彩羽を見上げつつ、そのまま両腕を伸ばして彩羽のウエストを抱き寄せた。

「わ、きゃっ！」

「なんか今、すげぇ幸せな気分になった……起きたらお前がいて、俺の世話やいてくれるなんて、ほんと最高……あと名前を呼んでくれたらもっと嬉しい」

昨日もそうしてくれと言われたが、確かにそれっきりで名前を呼んでいない。

(恥ずかしいな……)

そう思うが、彩羽はこくりとうなずいた。

「あっ……うん。千秋くん……」

名前を呼ぶというのは照れくさいが、口にしないといつまで経っても慣れないだろう。

「百点。花丸」

しみじみと、そして少し甘えたような千秋の声色に、心臓がきゅうっと締め付けられた。

「もうっ。ほら、服着てっ……！」

しどろもどろになりつつ、慌てて彼の肩を押し返し、ドライヤーを片付けて手を洗う。

（いい匂いした……）

同じシャンプーやボディソープを使っているはずだが、自分が使った時よりもいい香りがした気がする。あれは彼自身の香りが混じっているからだろうか。好ましいと感じる異性は、いい匂いがする——とネットの記事で読んだことがある。

遺伝子レベルでそれを必要としているのだと。

（私、もう……）

ぐんぐんと、顔が熱くなる。

リビングを振り返ると、千秋が紅茶を淹れてくれていた。そして声をかけたわけでもないのに振り返って、ニコッと笑う。

朗らかで優しい笑顔だった。嬉しいと思うと同時に、なぜか胸がぎゅうぎゅうと締め付けられて苦しくなる。

（ああ……。私、完全に千秋くんに、恋しちゃってるんだ……）

それから英国式の豪華な朝食をルームサービスで食し、出かけることになった。

千秋は白のロング丈カットソーの上にさわやかなグレーの春らしいニットを重ね、スキニーパンツを合わせただけなのだが、スタイルがいいので抜群に目立っている。

（自分に向けられている視線に、気づいてないわけでもないと思うんだけど）

幼い頃から注目されるのに慣れているから、もしかしたら自分の感覚にシャッターでも下ろせるのだろうか。そんなことを思いつつ、これからのプランを語る千秋を見上げる。

「タクシーで行けないこともないんだけど、旅行で来たんだし、電車使って行こうぜ」

「うん、そうだね」

千秋の言うとおり、せっかくの旅行だ。旅先の街の雰囲気を味わうなら自分の足で歩くのが一番だというのは、彩羽も同じ気持ちだった。

ホテルから電車を乗り継いで向かった先は、市立動物園だ。

「この後も予定があるから目的を絞ろう。パンダは絶対だよな」

「パンダ！」

「俺、人生でパンダって一回しか見たことないんだよな。めちゃくちゃ小さい時に、兄弟で見たっきりで」

「私も兄と一緒に行った記憶しかないなぁ……あ、あとカバは絶対に見たい！」

「よし、カバも見よう」

チケットを購入して園内に入ると、入場口でパンダ館へ入れる時間が記載されたチケットをもらえた。時間を確認すると一時間ほど先のようだ。置いてあった日本語のマップを確認すると、動物園内はいくつものエリアに分かれていて、とても一日では回れそうにない広さだが、カバを見てからでも十分間に合いそうである。

カバのエリアまでのんびり歩きながら周囲を見回す。やはり家族連れが多く、人気スポットなのだろう。

「あったかいね。動物園っていうよりも植物園みたい」

青い空と見事なコントラストになっている、鬱蒼《うっそう》と茂る木々に目を奪われていると、

「だな。あ、ちょっとこっち来て」

通行人の邪魔にならないよう道の端に寄り、千秋がボディバッグから小さなスプレー缶を取り出した。

「虫よけ。結構刺されるって」

「あ、なるほど。ありがとうね」

両腕や首周りにスプレーをしてもらう。千秋も自分にシューと吹きかけたが、首筋に少しだけ白く残っている。

「――千秋くん、ここ」

彩羽は手を伸ばして、彼の首筋に触れる。その瞬間、千秋は一瞬目を見開いて、それから目の縁を赤く染めた。

「お前……急に触るの反則」

「自分だって、いつも急じゃない」

まさかそんなことを言われると思わなかった彩羽は、ビックリして目をぱちくりする。

「そう言われればそうだな……意外に照れるもんだな」

千秋は視線をきょろきょろさせつつ、そのまま誤魔化すように彩羽の手を取ってぎゅっと握った。

「まぁ、いいや。行こう」

そうやって照れたように笑う千秋を見て、また心臓がぴょこんと跳ねた。ただ手を繋いで歩いているだけなのに、周囲がキラキラと輝いて見える。

（こんなにときめいたのって、いつぶりだっけ……）

付き合う前のデートは何度か経験したことがあるが、アラサーになってこんな気持ちになるとは思わなかった。

そしてたくさんいるカバの小競り合いを、肩を並べてあーだこーだ言いながら見た後、時間になったので入口へと戻り、念願のパンダ館へと移動する。

「私、パンダじっくり見れたの初めてだよ」

大きな切株にもたれかかったパンダは、中におじさんでも入っているのかと思うような造形だった。かわいらしくてつい笑ってしまう。

「上野《うえの》は立ち止まれないもんなぁ。でも南紀白浜《なんきしらはま》のほうは、もう少しゆっくり見れるって聞いたな」

「そうなんだ」

「そのうち行こう」

さらりと誘われて、

「――うん」

うんとうなずいた時少し緊張したが、加速的に恋をしている――その感覚が、今は心地よかった。

パンダを見終えた後は、すぐ目の前にある駅からロープウェイに乗ることになった。ゴンドラは八人乗りということだったが、床が透けた造りになっているキャビンもあるらしい。

「怖い？」

「怖くないですね～。全然っ」

からかうように言われてたものだから、思わず反発してしまった。

「じゃあせっかくだからそっちに乗るか」

千秋はニコニコ笑って歩き始める。

（えっ……！）

内心ビビり倒してしまったが、今更怖いなんて言えない。下を見なければいいのだ。

「よし、乗ろう！」

彩羽は率先して乗り込み、一番奥のベンチ席に腰を下ろし、ぎゅうっと手すりを握り締めた。千秋は彩羽の前に立って、なんだか笑いをこらえたような表情になっていたが、気づかないふりをする。

片道四キロを二十分程度で進み、終着駅の猫空《マオコン》駅に降り立つ。緊張が緩和されたのか、空気がやたらおいしく感じた。雲ひとつない空は高く、目が覚めるほど青い。

「はぁ～……！」

大きく深呼吸をすると、千秋がクスクスと笑い始める。

「お前さ、苦手なら苦手って言っていいんだぞ？　風でゴンドラ揺れるたびに、ビクッとしてたじゃん」

「そうだね。うん……帰りは床が見えないほうでお願いします……」

素直に打ち明けると、千秋はまた面白そうに笑う。

「笑わないでよ」

こぶしを握り締めて軽く叩くふりをすると、千秋は「怖ーい！」とはしゃぎつつも、彩羽の手をぎゅっと握った。

「行こう。ここに来たんなら絶対にお茶を飲まないとな」

ごく自然に手を繋いで歩き、ミニバスに乗り換えて民族色溢れる赤い門をくぐり、茶芸館へと入った。すでに昼を過ぎているが多くの観光客で賑わっているようだ。

果たして座れるのかと不安になったが、千秋が受付で名前を名乗ると、受付の女性はニッコリと笑ってうなずき、茶園に囲まれたテラス席へと案内された。

「わぁ……」

目の前いっぱいに、茶畑が広がる。息を大きく吸い込むと、お茶のさわやかな香りが体中に満たされていく。

「ほんと空気がおいしい～！　寿命が延びる～！」

と歓喜の声を上げると、

「空気もだけど、ここはマジで食べ物もうまいから」

千秋はニコッと笑って、写真付きのメニューをテーブルの上に並べてくれた。

それからふたりで額を突き合わせ、悩みに悩んで、つやつやの小籠包を何種類か、大根餅、そしておすすめだという鳥の煮込みとチーズパイを注文する。台湾茶と一緒にゆっくり時間をかけて食事を楽しんでいると、なんだか今過ごしている時間が、夢のような気がしてきた。

「楽しすぎる……」

茶畑の美しい緑を見おろしながら、思わずつぶやいた彩羽に、

「俺も」

テーブルの正面に座った千秋が、頬杖をついてニコニコと笑っている。

実際、旅行というのは家族でも友達でも気疲れするものだ。まだ恋人というわけでもない千秋と旅をして、こんなにリラックスした気分でいられるとは思わなかった。

「ねぇ、もしかしたら私に、ものすごく気を使ってるんじゃない？」

「そんなつもりはないけどな」

白い磁器の茶器にそそがれたお茶を飲みながら、千秋は首をかしげる。

「でも、千秋くんはちょうどいいんだよ」

彩羽は真剣に、言葉を続ける。

「観光って、予定をめちゃくちゃ詰めたい人もいるし、ゆったり楽しみたい人もいるでしょ？あと食事や軽食のタイミングとか、その時食べたいものとか。全然違うじゃない。どっちかがどっちかに合わせて、譲って、気疲れすると思うんだけど……今日はそれが全然ないから」

前もって打ち合わせしたわけでもないのに、一緒にいて楽だなんて、ちょっと信じられないと思ってしまう。よっぽど彼が自分に気遣ってくれているとしか思えない。

「なるほど。俺たち、ぴったりってことだ」

「……もう」

彩羽はクスッと笑いつつ、それからモジモジしつつ、目を伏せる。

自分で言うのもなんだか、今はとても『いい雰囲気』なのではないだろうか。

(ど……どうしよう。私もあなたを好きだって、いつ、どういうタイミングで伝えたらいいんだろう……?)

そうやって彩羽が自分の考えに浸っていると、頬杖をついた千秋が心配そうに顔を覗き込んでくる。

「どした?」

「えっ……!? いや、なんでもないよ。お茶おいしいね!」

「離れにお茶を買えるところあるから、お土産にたくさん買おう」

「うん、そうする」

誤魔化すようにお茶を飲みながら、彩羽は目の前に広がる大自然に視線を向ける。

思い返せば、今まで彩羽が自分から好きだと言ったことは一度もなかった。なんとなくいいなと思う人を見定めて、少しずつ距離をつめて、いい感じになった頃に、向こうから『付き合ってほしい』と言われて、うなずいてきただけだった。

(いっそのこと、今回もそれでいいかな……)

出発前から、いつ思いを告げればいいのかと、タイミングをはかって、すでに気疲れしている。正直クタクタだ。

なにも自分から言わなくても、次に彼が好きだって言ってくれたら、自分もそうだとうなずけばいい。

これまでのように、受け身でいればいいだけの話だ。

必ずしも自分から言わなくていいんだと思うと、肩の荷が下りた気がして、気分が少しだけ楽になった。

そう、納得はしたのだがなぜか胸の奥で、チリチリとなにかが焦げ付いている。

うまく言語化できないなにかを感じつつも、彩羽は目を逸らしてしまったのだった。


食事の後はあたりを散策してお茶のお土産を買い、市内に戻ったのは夜だった。荷物をいったん部屋に置いて、今度は夜市――ナイトマーケットへと繰り出す。

台湾の観光地として有名な九份《キュウフン》に行くことも千秋は考えていたらしいが、少し遠いので夜市で遊ぶことにしたらしい。活気溢れる夜市は、まるでお祭りか縁日のように屋台が立ち並び、人々が行き交い色とりどりの灯りで夜の空を明るく染めていた。

「わぁ……」

「夜市もきれいだろ？」

「うん、きれいだねぇ！」

千秋の言葉に、彩羽はこくこくとうなずく。

赤い提灯《ちょうちん》がずらりと並ぶそこには、食品だけではなく、雑貨などの店も立ち並んでいた。千秋が言うには数百もの店がひしめき合っているらしい。元々は寺廟《じびょう》への参拝者向けの屋台町から始まり、ここまで発展したのだとか。

観光客だけではなく、地元のファミリー層も食事を楽しんでいる活気のある様子が、見ているだけで伝わってくる。

「何時までやってるの？」

「二十四時までだな。見てるだけでも楽しいだろ」

「うん！」

実際、昼間あれだけ食べたというのに、射的をやって遊んだりしていると、気が付けば普通に空腹になっていた。

「まずは名物のアレを食わないとな」

千秋の提案で、市場の地下にある行列店に並び、顔ほどあるフライドチキンをひとつ買う。

「お昼もいっぱい食べたし、さすがに全部は食べられないって思うんだけど……む……おいしい……！」

かじりつけばサクッといい音がして、鳥のうまみが口いっぱいに広がる。

「残りは俺が食うから。ほら、こっち向いて」

彩羽がその声に顔を上げると同時に、スマホで写真を撮られる。

「な……なんでよりによってここで撮るの？」

今日一日ふたりで遊んでいて、写真を撮られたのはこれが初めてだった。

「いや、なんか面白い顔してたから」

「ええ……」

せめてもっとかわいいものを食べている時に、写真を撮ってもらいたかった。なぜ肉にかじりついている写真なのだ。彩羽が頰を膨らませると、千秋はハハハ、と楽しそうに笑って顔を覗き込んでくる。

「ほら、次は甘いモノ食べに行こうぜ。牛乳で作ったかき氷がふわっふわでうまいんだ」

「もうっ……」

なんだかんだで言いくるめられている気がしたが、やはり不思議と悪い気はしない。

そうやってふたりであれこれと面白そうな店を覗いたり、つまみ食いをしながら歩いていたのだが――。

「嘘、千秋～!?　千秋じゃないっ？」

唐突に背後から声をかけられて、千秋がよろめいた。振り返ると目の覚めるような美女が千秋の腕にしがみついている。それでバランスを失ったようだ。

(だ……誰？)

言葉を失った彩羽の前で、千秋は目をぱちくりさせた後、彼女の肩を押さえつつ体を引く。

「あぁ……久しぶり」

「なに、どうして台湾に？　仕事なのー？」

「いや旅行だよ」

「えっ、そうなんだ。あたしもなのよ、すっごい偶然！　ねぇせっかくだからふたりで飲みなおしましょうよ！　いいでしょ？」

彼女は千秋の隣にいる彩羽が、本気で目に入っていないらしい。また、千秋に飛びつくように抱き着いていた。

「ひとりで来たんじゃないんだ。悪いな」

千秋は真顔のままそう言って根気よく彼女を引きはがすと、茫然と立ち尽くす彩羽の肩を抱き寄せる。

「ええっ……あ、そうなの。ふぅん……」

女性の無遠慮な視線が、彩羽の頭のてっぺんからつま先まで行き来する。

（見られてる……）

普段着の彩羽を見て、おそらく大した相手ではないと認識したのだろう。ものすごい美人に品定めされるのは、結構キツイ。視線の強さに、思わず逃げるように目を伏せてしまった。

「――まぁ、よかったら連絡して。あたしはいつでも大丈夫だからね」

そして彼女はパチンとウインクをして、モンローウォークで立ち去っていった。

「ごめんな」

女性がいなくなったところで、千秋が少し困ったように眉根を下げる。

「え……ううん。大丈夫だよ。友達？」

元カノだなんて言われたら立ちなおれない……と思いながら問いかけると、

「知り合いの知り合いくらいだ。連絡先も知らない」

「えっ、そうなの？　久しぶりって言ってたのに」

ものすごく親しそうな雰囲気を醸《かも》し出していたにもかかわらず、まさか連絡先も知らないとは思わなかった。キョトンとする彩羽に千秋は少し焦ったように早口になる。

「いや、記憶にないから『久しぶり』って言っただけだ。昔連絡先を交換したかもしれないけど……まったく覚えてない。名前も知らない」

そして千秋ははぁ、とため息をつく。

「一応言っておくけど、お前と一緒にいるんだから、お前以外のことはどうでもいいんだ。そのことは忘れないでほしい」

肩に回った千秋の指に、ぐっと力がこもる。

「え……あ、うん……」

彩羽はアハハと笑って、その手をそうっと外すと「行こう」と歩き出す。

「おい、彩羽。ちゃんと俺の話聞いてるか？」

少し苛立《いらだ》ったような声で、千秋が後から追いかけてきた。

「聞いてるってば」

「――なら、いいけど」

とはいえ、千秋はどこか不満そうだった。

あの女性に声をかけられてから、ふたりの間に流れる空気が変わってしまった。

(さっきまですごく楽しかったのに……)

我ながら情けないが、華やかで美しい女性を見て完全に落ち込んでしまっていたのだ。

カジュアルに身につけていたアクセサリーも、何十万もするものだと一目でわかるものだった。本来、千秋にお似合いなのはああいう女性だろう。

(私じゃ、不釣り合いすぎるよね……)

兄が芸能人という若干変わった家庭環境ではあるが、天沢家はごく普通の中流家庭だ。

(っていうか、堂島家に、私のような凡人が受け入れられるわけがないのでは……?)

学生の頃ならまだしも、社会人になり三十歳に近づくと、必然的に付き合う相手は結婚を意識する。

(いや、私だって別に、今すぐ結婚したいなんて大それたこと考えてるわけじゃないし……。ただ、千秋くんに好きだって言われて……嬉しくて……私も、千秋くんのこと、気が付いたらじわじわと好きになって……それだけなんだけど……)

頭の中で、好きな男性と付き合いたいと思う気持ちと、結婚相手として、自分はふさわしくない、ご家族に反対されるに決まっているという妄想が、交互に襲ってきて胸の中でぐちゃぐちゃになっていく。

（駄目だ……目が回りそう）

ついさっきまで、楽しく過ごしていたはずなのに、気持ちがどんどん落ち込んでくる。

（私……全然、彼に釣り合ってない……本当に私でいいのかな……ってああ～！　また、告白を受ける勇気すら、消えてしまいそうなんだけど……！）

そうやって夜市を複雑な気持ちで歩いていると、

「あっ、あれきれい……」

雑貨が並ぶ店でビーズのネックレスを発見した彩羽は、フラフラとその店に近づいていた。

ハンドメイドのアクセサリーショップのようだ。本物かどうかはわからないが、爪の先ほどの大きさの翡翠《ひすい》のかけらに紐を通して指輪にしている。サイズも豊富だった。

（記念に買っちゃおうかな……これならカジュアルな服にも合いそうだし）

ふと、脳内に千秋がこれをつけている姿が浮かぶ。

自分も欲しいが、千秋にもつけてもらいたい。それはすなわち『おそろい』というやつだが、その事実に気づいた彩羽の頬に熱が集まる。

（おもちゃっぽいけど、おそろいの指輪とか重すぎるかな）

とりあえず結婚云々《うんぬん》のことは置いといて、なにより千秋と同じ、旅の記念が欲しいと思う気持ちが抑えきれなかった。

(えーい、買っちゃえ!)

真剣に、だが迅速に選んだ指輪をふたつ買った彩羽は、後ろに立っているはずの千秋を振り返る。

「ごめんね、お待たせ——ってあれ……」

背後にいると思っていた千秋の姿がなかった。

(あれ……あれれ……)

人込みをかき分けてあたりを見回したが、やはりどこにも頭ひとつ高い千秋を見つけられない。

「もしかして私、はぐれちゃったの……?」

千秋は隣にいると思い込んでいたが、どうやらいつの間にか離れ離れになってしまったようだ。

「大変っ……!」

慌てて千秋に連絡しようとバッグに手をかけたが、スマホは充電のため、夜市に出る前にホテルに置いてきたことを思い出した。

(ど……どうしよう……!)

周囲の楽しげな雰囲気から取り残されたような、急に自分が異邦人のような気がして、足元がぐらつく。

じっとしているのが怖くなって、彩羽はその場から走り出していた。

＊＊＊＊＊＊＊＊＊＊＊＊＊

千秋が彩羽を見失ったことに気づいたのは、

「なぁ、気分を変えて夜景でも見に行かないか？」

と声をかけてからだった。なにげなく隣を見おろしたところ、すぐ側を歩いていたはずの彩羽の姿がない。

「え……あれ……彩羽？」

慌てて周囲を見回したが、やはりどこにも彩羽の姿はなかった。

「うそだろ……」

千秋の全身からサーッと血の気が引く。ついさっきまで、彼女は間違いなく自分の隣を歩いていたはずだ。

(もしかして俺、置いてかれた？)

ついさきほど、顔すら覚えていない量産型の女に抱き着かれた千秋は、その女を豪快に突き飛ばしたい気持ちに駆られたが、彩羽の前だから紳士的に振る舞った。丁寧にお別れしたつもりだ。

だが明らかに彩羽は千秋たちのやりとりを見て引いていた。

肩を抱いた千秋の手を振り払い、露骨にテンションを下げていた。もしかして同類だと思われたのかもしれない。

（クソッ……あの図々しい女のせいで……）

思い出しただけで腸《はらわた》が煮えくりかえりそうになる。

千秋はこの旅行に懸けていたのだ。

恥ずかしながら、『大好きな彼女を自分のものにするんだ』と、家族にダサい啖呵《たんか》まで切っている。

あれは千秋が帰国して間もなくの頃——。

「千秋の帰国を祝って、乾杯」

堂島本家の食堂には、両親と兄の姿があり、テーブルにはお抱えのシェフが腕を振るったフレンチの皿が並べられている。

「ありがとう。でもこうやってわざわざ祝ってもらうほどのことではないけどな」

父——恵一の音頭に苦笑しつつ、千秋はグラスにワインが注がれるのを見つめた。

濃厚な赤ワインは恵一の好みであるスペイン産だ。家で熟成させていると聞いているが、ワインにまったく興味がない千秋にとっては、正直どれもそう変わらない。

だがこれは、普段無口で表情が顔に出ない父なりの祝いの気持ちなのだろう。そう思うと、少しばかり感謝の気持ちが芽生えなくもない。

「国春《くにはる》はどうした？」

弟の姿がないので尋ねると、

「あいつは九州《きゅうしゅう》に出張だ」

と、兄の冬真《とうま》が生真面目に答える。

「ふーん……」

適当に相槌を打ちつつ、マスタード風味の平目《ひらめ》のグリエにナイフとフォークを入れる。

そんな次男の姿を見ながら、母の京子《きょうこ》が思い切ったように口を開く。

「ねぇ、千秋。あなた、お見合いする気はない？」

「ゲホッ!?」

あまりにも突然すぎて、むせ返ってしまった。

「母さん、なにを急に……」

兄である冬真も目を丸くしている。

「急じゃないわよ。帰ってくることが決まってから、考えていたもの」

京子はキリッとした真面目な表情で、言葉を続けた。

「我が家には大の男が三人もいるっていうのに、誰ひとり結婚していないのよ！　お友達は孫とか抱いちゃってるのに！　私だってそろそろ赤ちゃんを抱っこしたいわっ～！」

京子は我慢ならないと言わんばかりに、隣で黙々とワインを飲む夫を見る。

「ねぇ、あなた。孫を抱きたいわよねぇ？」

「あ、ああ……そうだな」

おそらく父は息子の結婚などどうでもいいはずだ。だが口では絶対に勝てないので、基本的に母の意見に逆らったりしない。

（父さん、適当だな……）

とはいえ、見合いなんかさせられてはたまらない。

「いや……だったら兄さんに言えよ。順番でいったら長男からだろ」

とりあえず兄への責任転嫁だ。千秋の言葉を聞いて、隣の冬真が自分は関係ないと言わんばかりに、無言でワイングラスを呷る。

「冬真には散々言ったわよ。それがどうにも無理だから千秋に言ってるんでしょ。国春は二十六で結婚はまだ先だって言ってるし。だからアラサーのお前に懸けるわ」

キリッとした表情の母に、千秋は大きくため息をついた。

「見合いはしません」

「ええ～～！！！」

京子は心底がっかりしたと言わんばかりに唇を尖らせる。

「なんなの、お前……。十代の頃は遊んでばかりだったのに、今はさっぱりなのって、なんなの……？　どうしちゃったの？」

「なんなのって連呼しないでください」

千秋はナプキンで口元をぬぐい、テーブルを挟んだ正面の母を見つめた。

「俺にはその……前にも話したと思うけど、心に決めた女性がいるので」

「――」

「――」

「――」

父と母と兄が、それを聞いて一瞬で凍り付いた。

「ええっ、うっそ！　あれよね、ずっと前に言ってた同級生よね？　まだ諦めてなかったの!?」

京子がひぇぇー！　と叫びながら両手で口元を覆う。恵一も口には出さないが、若干引いているようだった。両親の視線が冬真に向かい、それを受けた兄が代表して、おそるおそる口を開く。

「あの、その、なんだ千秋……。かつてお前を間接的に更生してくれた彼女の話は覚えているが、お前が言っているのはその彼女なのか？」

「そうだよ……どうしようもない男だった俺を、『ダサい』の一言で目を覚まさせてくれた彼女だよ」

若気の至りというか、かつて十代の千秋は荒れていた。とにかく完璧な兄、そして愛嬌の塊のような人に愛される弟に挟まれて、十代の男子らしい、どうしようもないフラストレーションや鬱屈した感情を持て余していた千秋は、ありていに言えばグレていたのだ。

ケンカを吹っ掛けられれば相手が誰であろうがすべてお買い上げ、熨斗《のし》をつけて全員にお返しし、ついでに周辺の女子たちも全部ペロリとおいしくいただいていた。

とにかく目立つ容姿をしていたし、それを隠さなかったので、繁華街を歩けばいくらでもケンカ相手は釣れた。

本人が人目を引くこと、そしてやっていることがひどすぎることもあり、十四、五の時から高校卒業間近まで、堂島の次男坊といえばその世界ではかなりの有名人で、家族も手をやいていたのだ。

そんな千秋が、大学進学を機につきものが落ちたように、真面目に学生生活を送り始めたのだから、家族も驚きを禁じ得なかった。そんな次男坊の激変には、ひとりの女子が関係していたらしいのだが、更生したはずの千秋は、結局のところ彼女に大学四年間、まったく相手にされなかったらしい——というのは、なんだかんだで家族全員が知ることになっていた。

「千秋、あれほど日本に帰ってくるのは嫌だって言っていたのに、帰ってきたってことは……もしかしてその彼女とお付き合いしてるの？　だからお見合いしないって言ってるの？」

京子がおそるおそる尋ねる。

「あっ、だったら私は反対なんかしないわよ。ある意味恩人なんだから！　でももしお付き合いしてるって言うなら、一度おうちに招待して……」

「いや。してない。でもこれから絶対におとす」

千秋は重々しく言い切って、グラスのワインを一気に呷る。

「おとすって……」

京子は怪訝《けげん》そうに美しい眉をひそめる。

「お前、その謎の自信はどこからくるのよ。今までずっと振り向いてくれなかったんでしょう？　言い方は悪いけど、お前の持ってるものに、その子はまるで興味がないってことじゃない。堂島の名前も、力も、お金も、なんにも役に立たないのよ？」

「わかってますよ……だから、俺自身を好きになってもらうんです」

次男の発言を聞いて、京子は『無理では？』という気持ちを込めて隣の夫と、長男を見つめる。無言で母と次男の会話を聞いていた彼らは、そのまま小さくうなずきながら、黙々とナイフを動かした。

彼らも京子と同じ気持ちのようである。だが千秋だけはまったく揺るぎない。

「俺はもう、昔の俺じゃないんですから。絶対に彼女を振り向かせてみせますよ」

堂島家の食堂には微妙な空気が満ちるが、千秋はそれに気づかないふりをして、

「ワイン、お代わりください」

と、グラスを差し出したのだった。


(無理だから諦めろって言われても、それこそ無理なんだ)

家族から冷たくあしらわれたところで、千秋はまったく諦めていない。むしろ昔の誤解を解くことができたのだから、前よりは彩羽と付き合える可能性があると確信していたくらいだ。

千秋は唇を引き結びながら、夜市の、人々が行き交う雑踏に目をやる。

(夜市で楽しく過ごしてリラックスした後は、展望台に行って台北の夜景を見るはずだったのに……)

街を一望できる夜景を見たら、彩羽だってロマンティックな気分になってくれるかもしれない。そうしたらもう一度、念押しで自分の気持ちを打ち明けて、そのままホテルに戻り――。

(彩羽を抱いてしまおうと、思ってたのに……!)

千秋ははぁ、とため息をつきながら、くしゃりと髪をかき上げる。

彩羽に嫌われているとは思っていない。むしろ彼女の周囲にいる男の誰よりも、好意を持ってもらえていると思っている。

だが彩羽は、未だに千秋を選んでくれない。

きっと付き合うにあたって、自分にはなにかが足りないのだろう。

その一押しがなんなのか、なにが彼女を不安にさせているのか知りたいが、聞いたところで彩羽は教えてくれる気がしない。彼女は自分の心の中をあまり打ち明けてくれる人ではないのだ。

(好きな女に好かれるって、大変なんだな……)

物心ついた時から女性に苦労した記憶がない千秋にとって、この恋は前途多難だ。だがどうしても諦めきれない。彩羽に愛されたい。

ふと、彩羽が付き合っていたという男の顔が思い浮かぶ。

駐車場で見たあの男は、学生時代、彩羽が選ぶ男となんら変わらない、どこにでもいそうなごく普通の男だった。

そんな男が、彩羽に暴力を振るった時点で万死に値すると思ったが、あの時――ファミレスの駐車場で振り下ろした己のこぶしには『嫉妬』が混じってはいなかっただろうか。

どれほど恋い焦がれても、決して自分のモノになってくれない彩羽を抱いた男――。

殺意を覚えた自分に、そんな気持ちがなかったと否定できるだろうか？

(たぶん……できないだろうな)

彩羽に恋をして初めて気が付いた。

己が他人に対する執着心が薄いと思っていたのは、彩羽に出会わなかったからだ。

（本当の俺は……きっと蛇のように執念深くて、嫉妬深い）

彩羽が自分を愛してくれないなら、いっそどこかに閉じ込めてしまいたいと願ってしまうような、薄暗い欲望を抱く、どうしようもない男なのだ。

（頼むよ、彩羽……。ほかの誰でもない、今度こそ俺を、俺を選んでくれ……！）

そんな思いのまま、千秋はまた夜市の雑踏の中、走り始めていた。

＊＊＊＊＊＊＊＊＊＊＊

「あぁ、やっぱりいないなぁ……」

彩羽は千秋とはぐれてからずっと、とりあえず見覚えのある店や通りを歩き回っていた。

千秋は背が高くとにかく目立つので、上ばかり見て歩いていたと思う。

だがいない。どこにも姿がない。

（ホテルに戻って、ホテルから連絡する……？）

だが千秋が自分をここで探していたら、行き違いになってしまう。

まさかいい大人になった今、迷子になるとは思わなかった。緊張やらなんやらで、心臓がバクバクしている。このまま会えなかったらどうしようと頭が真っ白になってしまう。

（あぁ〜どうしよう……！）

だがじっと立ち尽くしているのも怖い。腕時計に目を落とすと、はぐれてからかれこれ三十分ほど経っている。間違いなく、心配させているに違いない。

「探さなきゃ……」

泣き出しそうになる気持ちを必死にこらえて歩いていると、

「きみ、大丈夫？」

と、突然、日本語で話しかけられた。

「え？」

顔を上げると、年は彩羽とそう変わらない若い男性の二人連れが、彩羽に声をかけてきたようだ。屋台の側のテーブルに座って、のんびりと海鮮焼きそばを食べている。

「さっきから不安そうな顔で行ったり来たりしてるから。もしかして迷子？」

どうやら親切心で声をかけてくれたらしい。

「ま……迷子です。連れとはぐれちゃって。スマホもホテルに置いてきちゃって……」

彩羽がしゅんと肩を落とすと、

「ホテルの名前わかるなら電話してあげようか？　もしかしたらお連れさん、帰ってるかもよ」

と、青年がバッグからスマホを取り出して見せた。

「えっ、いいんですか、すごく助かります……！」

もし千秋がいなくても、ホテルに連絡すればとりあえず伝言はできるだろう。地獄に仏とはまさにこのことだ。彩羽はホッと胸を撫でおろしつつ、その男性が座っているテーブルに近づいてスマホを覗き込んだのだが――。

「彩羽……！」

聞き慣れた声で名前を呼ばれて、ハッとした。雑踏の中でも響くその声は、どれほど人が多くいても、まっすぐに彩羽に届く。声のしたほうを振り返ると、周囲から頭ひとつ飛び出した千秋がひどく動揺した様子で、慌てて走ってくるのが見えた。

「あ、よかった……！　会えました、ご親切にありがとうございます！」

彩羽は深々と男性に会釈しつつ、千秋のもとへと駆け足で近づいていく。

「よかった、千秋くん行き違いに――」

次の瞬間、彼は血相を変えて、彩羽の両肩をつかみ叫んだのだ。

「あいつ誰なんだよ、なにしてた！」

千秋の言う『あいつ』が一瞬わからなかったが今話していた男性のことだろうか。

「なにしてたって……電話を借りようと……」

千秋の剣幕に一瞬言いよどんでしまった。もしかして迷子になっておきながら、男性とおしゃべりを楽しんでいると思われたのかもしれない。でも違う。

「私がウロウロしてたから、心配して声をかけてくれた人だよ……？」

慌てて否定したが、

「旅先でひとりの女に声かけるなんて、ナンパに決まってるだろ！」

と、さらに厳しい表情になった。

「お前、ほんとなんなの……？　海外でひとりでフラフラ歩いていいと思ってるわけ!?　そこまでバカとは思わなかった……！」

と、吐き捨てるように言い放つ。

「――」

身長百八十オーバーの男に肩をつかまれて、怒鳴られると息が止まりそうになる。

千秋の指がキリキリと肩に食い込んで、彩羽の口から声にならない悲鳴が漏れた。

「で、のんきに買い物かよ……。なんだよ、俺の気も知らないで」

彩羽が持っていた紙袋を見て、千秋が苛立ったように重いため息をつく。

いつ千秋に渡そうかと、ドキドキしながら選んだ気持ちを頭ごなしに否定された気がして、悲しみが込み上げてきた。

（そんな言い方……しなくてもいいじゃない……！）

喉の奥で言葉が詰まって、余計なにも言えなくなった。

もちろん、目についた商店にいきなり近寄って、はぐれた自分が悪い。それはわかっている。

だが——。

一方的に怒っている千秋を見て、じわじわと、無性に腹が立ってきた。

「な……なんで一方的にバカって言われなきゃならないのよ……！　ほんとに電話を借りようとしてただけじゃない！　なのにナンパって……この状況で私がナンパされてるって本気で思ってるの⁉　もうっ、力任せにつかまないでっ！　痛いから、放してよっ！」

彩羽は反射的に叫び返し、千秋の手を力いっぱい振り払っていた。

手を振り払われた千秋はその瞬間、驚いたように自分の手のひらに目を落とし、息をのむ。

ふたりの間に、微妙な空気が流れる。

「ご、ごめん……」

千秋は蚊の鳴くような小さな声で謝罪の言葉を口にし、うつむいてしまったのだった。

ホテルの部屋に戻った彩羽はすっかり疲れ切っていた。あれから当然お互い口数は少なくなり、無言の時間が増えたのは気のせいではない。

(気まずい……)

もとはといえば、迷子になったのは自分である。千秋が当然のように隣にいることに甘えて、海外ということを忘れて気を抜いてしまった。彼が怒るのも当たり前だと思う。なのに謝るより先に反発してしまった。

自分が情けないし、心底恥ずかしい。穴があったら入りたい。ホテルの部屋に入って、千秋の背中を見つめる。

さすがに謝らなければと震えながら声をかけた瞬間、

「あの……」

「ごめん、先にシャワー浴びる」

千秋は振り返らないままそう言って、バスルームへ直行してしまった。

その声は軽やかだったが、彩羽をちらりとも見なかったことから、相変わらず彼が怒っているのが伝わってくる。

夜市の中では気が付かなかったが、彼が着ていたシャツの背中は、汗でぐっしょりと濡れていた。彼は汗だくで、あの夜市の中を走り回ったのだ。

彩羽を探して――。

(なのに私、反発するばかりだった……)

ソファーに座っているとシャワーの音が聞こえてきた。しばらくして出てきた千秋は、もういつもの千秋に見えた。

「おやすみ、彩羽」

千秋はさわやかにそう言って、彩羽に背中を向けてベッドに潜り込み、目を閉じる。

彼の中ではもう、夜市でのことは終わったことなのだろうか。

時計の針は気が付けば二十三時を回っていた。

(謝りたいのに……)

何度も謝罪の言葉を口に出そうとしたのだが、千秋がこちらを見ない。

『俺を見て』

彼は何度もそう言っていたのに、自分を見てくれない。真っ向から拒否されているのがヒシヒシと伝わってきて、ここで自分が謝ったとしても、受け入れるつもりはないのだろうと思うと、余計口が重くなった。

「うん……おやすみ」

そう答えるのが精いっぱいだった。

それから彩羽も重い腰を持ち上げて、シャワーを浴びる。

(旅行の間中、ずっと楽しかったのに……。私が迷子になったせいで、こんなことになっちゃった……)

気を緩めるとじんわりと涙がにじんだ。だがいくら後悔したところで、時間を巻き戻すことはできないのだ。

「ぐすっ……」

彩羽は顔を上げて、シャワーを顔で受ける。

入浴中はいくら泣いても大丈夫なのが妙に悲しいが、これも大人になって学んだことだ。

哲也と別れた後、毎日お風呂で泣いていたのは数か月前の話だが、なんだかもっと昔のような気がした。すでにもう自分の中は、千秋でいっぱいなのだ。

ゆっくりとシャワーを浴び体を温めた後、彩羽は身支度を整えてベッドルームに入る。

隣のベッドでは、千秋がすやすやと穏やかな寝息を立てて眠っていた。

明日は午後の飛行機に乗って帰る。自宅に戻るのは日が落ちた頃になる。

（ショッピングしようねって話になってたと思うんだけど……それどころじゃないかな）

告白どころか、ケンカをしてしまうとは思わなかった。いや、それどころか完全に呆れられた気がする。

（私、嫌われてしまったかも……）

その事実にようやく気が付いて、彩羽は衝撃を受けた。

こんなことになるとは思わなかった。好かれているからと胡坐をかいて、告白されたらうなずけばいいと思っていた。それでうまくいくと思っていた。

ただ『イエス』とうなずけば、幸せになれると勘違いしていた。だがそれは、自分のことしか考えられなかった過去と同じではないか。

なんて馬鹿で、愚かで、情けない考えを持っていたのだろう。

そんな自分の幼さが、巡り巡って千秋を不快にさせてしまった。こんな自分に彼と付き合う資格なんてない。

（私は千秋くんにふさわしくない……。もう、どうにもならない……もう、無理なんだ……）

彩羽は嗚咽《おえつ》を漏らさないようにぎゅっと目を閉じる。目にたまった涙が押し出されて、目の端からこめかみを伝って落ちていった。

許されるなら、このまま消えてなくなってしまいたかった。

時計の針の音が気に障ると同時に、永遠に時間が進まない、落とし穴にでも落っこちた気分だ。全身を包む虚脱感から、若干投げやりな気持ちで彩羽は寝返りを打ったのだが――。

その瞬間、天啓とも言えるべきひらめきが脳裏をよぎった。

――どうにもならない？

（そういえば、ひぃ兄ちゃんの餞別……）

『彩羽ちゃんがどうにも困ったって時に開けてね』

そう言っていたはずだ。まさに今、自分はどうにも困っている。千秋と仲直りできるようななにかが、そこにあるかもしれない。

彩羽はそっと毛布を持ち上げて、クローゼットルームへと向かいスーツケースを引っ張り出していた。

ヒフミからもらった封筒を、リビングのソファーに座って確認する。

「最初はお金だと思ってたけど……違うのかな」

中から便せんが一枚出てきた。ドキドキしながら中を開く。

中には兄の字で、

『お兄ちゃんとしては寂しいけど。頑張れ。女は度胸だぞ』

と一行書かれているだけだった。

「頑張れって……なにを？　あれ、まだなにか入ってる？」

言葉の意図がつかめないままぼうっとしていたが、封筒にまだなにか残っていることに気が付いて、そのまま封筒を逆さにひっくり返していた。

ころりとなにかが飛び出してくる。

最初はそれがなにかわからなかった。

だが、ローテーブルの上に転げ出たそれを認識した彩羽は、

「っ、ひゃあああ！」

と、甲高い悲鳴を上げてしまっていた。

「もも、もうっ……！　ひぃ兄ちゃんったら、最低っ！」

そう、テーブルの上に置かれたのはセロファンに包まれた正方形の包装紙で、要するにコンドームだったのだ。

なぜ彼がこんなものを、自分に持たせたのかわからない。

だがしばらく考えてハッとした。

（もしかして、ひぃ兄ちゃん、私の気持ちに気づいてたの……!?）

なんだかんだ言って、女性関係では百戦錬磨の兄である。あの一瞬で、『友達と言っておきながら千秋を複雑な目で見つめる妹』を見て、『もしかして片思いをしているのか？』と察したのかもしれない。

間違っているが、全部が間違っているわけではない。

だから『女は度胸』なのだ。

兄の考えがなんとなくわかった気がして、少しだけほっとしたが、それはそれ、これはこれ。避妊具なんて、妹に餞別として持たせるものではない。

（こんなもの入れるって……はぁ……もうお土産あげない。無視してやる……！）

もう仲直りどころではない。とはいえ、ベッドには戻りづらかった。同じ空間にいるだけで、自己嫌悪で死にたくなる。

すぐ側で千秋の息遣いを感じるなんて、地獄としか思えない。

（いっそ、朝まで起きてようかな……）

そうやって、ソファーの上で膝を抱えてうなだれていると、

「――彩羽？」

「きゃあ！」

背後から声をかけられた彩羽は、ソファーの上で飛び上がりつつ、テーブルの上に置いたそ

れを隠すようにサッと握り締めていた。

振り返ると千秋が眠そうな顔をして立っている。

「な、なにっ？」

「なにって……悲鳴が聞こえたから」

千秋はくしゃくしゃと髪をかき回しながら、彩羽が座っていたソファーに近づいてきて、じいっと彩羽を見おろす。

「ご、ごめん……なんでもないからっ！」

彩羽は赤くなったり青くなったりしながら、ぎゅうぎゅうとゴムを握り締めていた。

「いや、なんでもないって声じゃなかったぞ」

千秋は軽く首を回しながら目を細め、じいっと彩羽の手元を見つめる。

「それ、なに？」

「えっ？」

彼の視線が手元にそそがれているのに気が付いた彩羽は、立ち上がって手を後ろに回した。

「なんでもない」

「いや、なんでもなくないだろ」

千秋は唇の端をにやりと意味深に持ち上げた後、そのままズカズカと彩羽に近寄ってきて後ろに手を伸ばす。

「見せろ」

「やっ、やだってば～！」

千秋は軽い冗談のつもりなのだろうが、彩羽はそれどころではない。

（見つかったらこれは即、社会的な死……！　友人関係すら維持できない！）

そうやってジタバタとソファーの周りでおっかけっこをしていたのだが――。

「取った！」

千秋は彩羽の手の中からそれをつかむと、サッと右手を上げてしまった。

「あっ！　返してやだっ、お願い見ないで～！」

彩羽は赤くなったり青くなったりしながら、千秋の周りをぴょんぴょんと跳ねて手を伸ばすが、圧倒的な身長差で届くはずがない。

「はい諦めてくださーい」

そして千秋は右手をゆっくりと開く。

「だってお前、隠されると気になるだろ……あ」

そこでようやく彼は自分が握り締めているものがなにか、理解したようだ。

「あぁ～……」

彩羽はがっくりと肩を落とす。

終わった……。

彩羽も盛大にため息をつき、そのままソファーに豪快に身を投げ出していた。

「もう、見ないでって言ったのに……ばかぁ……」

うつ伏せになってクッションを抱き、うめき声を上げる。

(軽蔑された。もう死ぬしかない……)

嫌われただけでなく、女として軽蔑された気がする。

「いや……なんかごめん……」

千秋はなんだかむにゃむにゃと頬のあたりを緩めながら、うつ伏せになってだらりとソファーに寝転がる彩羽の横に腰を下ろす。

「……これ、例の餞別？」

「うん」

「なるほど。そりゃ悲鳴を上げるよな」

「……ほんとごめん」

「ヒフミのしたことだろ」

千秋はそう言ってはぁとため息をつくと、ポンポンと彩羽の頭を撫でる。

「それもあるけど、それだけじゃないよ。夜市のこと……心配してくれてたのに、ごめんね」

するりと謝罪の言葉が口をついて出る。

顔を見ていないからだろうか。

それとも千秋とドタバタして、少し体の中に酸素と勇気が回っていったせいか、素直な気持ちで、ごめんなさいと言えたような気がした。

「あれは……そもそも俺が悪かったんだ。子供じゃないのに、頭ごなしに大声を上げてしまった。怯えた顔で俺を見るお前に……俺、最悪だなって恥ずかしくなって。お前に合わせる顔がないって、思って……。俺こそ先に謝るべきだった。ごめんな」

「え……？」

驚いて顔を上げる。

(そんなことを言われたら、都合のいいほうに考えてしまうんですけど……)

唇を引き結び、千秋の言葉の続きに耳を傾ける。

「──旅行ってさ、結構その人間の嫌なところが出るって言うじゃん。でも俺はお前をパーフェクトにエスコートできるって過信してたんだ。この旅で、絶対におとしてみせるって……そんなことばかり考えてた」

自嘲するような声で、千秋は言葉を続ける。

「でも、ふと目を離した瞬間、俺の隣に彩羽がいないって気づいて、目の前が真っ白になった。お前の写真をあちこちで見せながら、あたりを駆けずり回って……。せっかく見つけられたのに、あの後考えていたプランも全部台無しになったのもあって、なんか知らない男とニコニコ話してるお前を見たら、腹が立ったんだ。ほんと馬鹿だよ。お前のためって言いながら、俺は自分のことしか考えてなかった。ごく普通の、器の小さい男なんだ」

そして千秋はそこで大きく息を吸うと、震える声で言葉を続ける。

「お前はもう、こんな俺を嫌いになったかもしれないけど……本当にごめん。俺を許してほしい。諦めるべきなのかって必死に考えたけど……。俺、どうやったってお前を諦めきれない」

「――」

彩羽は息をのみ、上半身を起こす。

手が震える。今にも泣き出してしまいそうだ。

だが彩羽は必死に、足元に広げたままのスーツケースから、夜市で買った紙袋を取り出した。

「これね、千秋くんとおそろいにしたくて、買ったの……」

そう言った彩羽の声は震えていた。

「え？」

彩羽は紙袋を開けて、中から指輪を取り出す。

「今日の記念に……もらってほしい」

彩羽は勇気を振り絞り、隣に座っていた千秋に向き合った。

彼はなんだか信じられないものを見るような目で、彩羽の手のひらを凝視している。

「これって……指輪？」

「うん」

彩羽が手のひらに出したそれを千秋は震える指でつまみ上げて、なんだか今にも泣き出しそうな表情になった。

「お前が俺に……？」

「その、おもちゃみたいなものだから……つけてくれなくてもいいんだけど。ほら、翡翠は魔《ま》除《よ》けにもなるって言うし、持ってくれるだけで嬉しいなって」

だが持ってもらうだけでも堂島の御曹司には似つかわしくない気がして、彩羽は思わずそんなことを口走っていた。

「つける、つけるに決まってるだろ！」

だが千秋は悲鳴を上げるように叫ぶと、指輪を自身の左手の薬指に嵌める。革紐の指輪でサイズが厳密ではないということもあるが、不思議と問題なくおさまった。そして彼は今度はもうひとつの小さい指輪を、彩羽の左手を取り、するりと嵌める。

「彩羽……」

千秋は両手で彩羽の手をぎゅっと握ると、そのままこつんとおでこをくっつける。

「意地悪なこと言って、俺、ほんと……ごめんな……」

その身を切るように振り絞った声に、彩羽の胸はぎゅうっと切なく、締め付けられた。

「私こそ、ごめんね」

一度謝罪の言葉を口に出せば、すべてのわだかまりが春の雪のように解けていく気がした。

ホッとしてまた涙が出そうになったが、必死にそれをこらえる。

「お前は悪くないだろ」

「悪いよ。ぼやーっとして迷子になったのは事実だし、逆切れしちゃったもん……」

その言葉に、千秋はハッとしたようにくっつけていた顔を離し、そうっと肩に触れる。

「跡になってない!?」

「え……なってないと思うけど。お風呂でも気が付かなかったし」

確かにつかまれた瞬間は痛かったが、ほんの数分のことだ。だが千秋は「でもさ……」と言いながら鎖骨のあたりを心配そうに指でそうっと撫でる。

その指先は優しいだけではなく、どこか官能的な匂いもあって――。

（ど……ドキドキするんだけど……）

そういう雰囲気ではないのに、思わず体を強張らせてしまった。

その反応にハッと我を取り戻した千秋は、慌てたように首を振る。

「今回のことでほんと反省した。目の前にいるお前のこと、早く自分のモノにしたくて焦りすぎてた……だから待つ。もうゆっくりでいい。絶対に、いつまでだって待つから……離れてた期間を考えればたいしたことないんだ。そうだろ？

ゆっくりでいい。いつまでも待つ。」

千秋は誠実だ。決断しきれない彩羽のために考えてそう言ってくれているのだ。本当に優しい、自分にはもったいない人だと思う。

だが――。

「違うの」

彩羽は頭を振った。

「なにが?」

「ひぃ兄ちゃんは、私がどんな目で千秋くんを見ていたか、一目で見抜いちゃったんだよ。だからあれを渡してきたんだと思う」

「――」

彩羽の言葉に、千秋が息をのむ。

彼は今、どんな顔をしているのだろう。

怖い。自分が彼の理想から外れて、呆れられたり、ガッカリされたりするのが怖い。

だけど――彩羽は言わずにはいられなかった。

こんこんと湧き上がる泉のような、温かく愛おしい、こんな気持ちを抑えつけて、隠しておくことなんて、もうできない。

彩羽は彼がつけてくれた指輪を確認するように、こぶしを握る。

「私、千秋くんのこと、もうとっくに好きになって、そういう目で見てたの。だから今日買った指輪も、おそろいのものが欲しいっていう子供っぽい理由だし……。その、ついでに気持ちを伝える手助けになればいいって思って……だからもう、ほんとは待たなくても……って、きゃあ！」

彩羽の決死の覚悟の告白は、途中で遮られてしまった。

「ななな、なにっ⁉」

慌てふためく彩羽の体は、気が付けば宙に浮いている。

「ち、千秋……くん……」

お姫様だっこされた彩羽は、体を縮こまらせたまま千秋を見上げる。彼はテーブルの上に放置されていたそれを形のいい唇にくわえて、燃えるような熱い目で彩羽を見おろしていた。

「あ、あの……？」

「──」

千秋は無言のまま、スタスタと歩いてベッドルームへと向かう。

そしてまず彩羽を自分が寝ていたベッドに横たわらせたかと思ったら、くわえていた避妊具を枕元にバシッと叩きつけるように置くと、かすれた声を絞り出した。

「もう、待たなくていいのか」

自分を見おろす千秋の表情は、どこか強張っている。

彼もまた、こちらを気遣う真摯な表情の裏に、抑えきれない熱情を抱えていたのだ。

そう思うと、なぜだろう――。

ゾクゾクと、体の奥から震えるほどの快感が込み上げてきた。

「……うん。私のこと気遣ってくれてるのは嬉しいよ？　でも……もう、待たないで。私、千秋くんにめちゃくちゃに愛されたい。今すぐ……」

「……ッ」

はっきりと自分の欲望を口にした瞬間、彼の喉ぼとけがごくりと鳴った。

寝る時に着ていたガウンを脱ぎ捨て、唾液をすすり合う口づけを交わし、無我夢中で抱き合った。千秋の唇が彩羽の首筋を這いながら、キャミソールをたくし上げて胸の先にしゃぶりつく。

「ん、んっ、あっ……！」

乳首をきつく吸い上げられ、目の前に火花が散る。甘い痛みに悲鳴を上げながら、彼の首を強く引き寄せると、

「はぁっ……彩羽、お前……エロすぎ」

千秋は大きな手で彩羽のささやかな胸をつかみ、歯の先で軽く刺激を与えながら、舌先で転がした。

「あっ……！」

「……こっちも、もう溢れてる……どんだけ期待してるんだよ」

彼のもう一方の指が下着の上から秘肉をなぞる。

「んぁっ……」

淡い刺激に全身が震える。彩羽が穿いていた下着は、今日の旅行で新しく下ろしたものだった。彼に見てもらいたいと思っていたがそれどころではない。

そんな余韻を味わう暇もなく、彼の指は彩羽の快感を煽っていく。

下着越しにこねられて大きく主張した蕾《つぼみ》が、爪の先で弾かれてまた体積を増やす。

「ん？　布越しなのに、どんどん大きくなってないか……？」

彼が指を動かすたび、くちゅくちゅと水音が響く。

「あ、やだっ……」

腹の奥がきゅんきゅんと締め付けられて、切ない。

「やだって、なにが？」

千秋はこちらの望みをわかっているはずなのに、わざとじらして楽しんでいるらしい。

普段は蕩けるように甘くて優しいのに、なんて意地悪なんだろう。

彼は彩羽の顔を覗き込みながら、ささやいた。

「どうしてほしいか、言えよ」

「あ……」

彩羽は甘い悲鳴を上げながら、彼の手首をつかんでぎゅっと握る。

「ちょ、ちょくせつ、さわってぇ……」

「触って、その後は?」

「っ……ゆび、いれてほしい……っ……」

中をいっぱい、こすってほしい。気持ちよくしてほしかった。

今までセックスをして、こんなことをねだったことは一度もなかった。生まれて初めての経験だ。恥ずかしくて頬がピリピリと熱を帯びる。

一刻も早く抱き合いたいと思っていたのに、羞恥心が込み上げてきて、こんな淫らなことを口走って、千秋に呆れられないか、不安になってしまった。

「まぁ、いいけど。指で、いいのか?」

「え……?」

千秋は無言で穿いていたボクサーパンツをずり下げて、ぺろりと舌なめずりをしながら、妖艶に微笑む。

「あ……」

彼の下着を押し上げていた屹立が、先端から透明な蜜をとろとろとこぼしながら姿を現す。

顔に似合わない剛直は、臍につきそうなくらいそそり立っていて——。

(硬くて……おっきくて……おいしそう……)

彩羽はぼうっと熱に浮かされた頭のまま上半身を起こすと、膝立ちした千秋のそれに手を伸ばし、そのまま先端に口づけていた。

舌先にとろりと滴った彼の先走りは、なぜか甘かった。

無意識にちゅうっと吸い上げると、

「っ……」

千秋が驚いたように目を見開いた。だが彩羽が口づけをやめず、奉仕を続けるのを見て、彼は切れ長の瞳をしっとりと輝かせながら、

「俺の、舐めたかったの？」

まるで少女をあやすような甘い声で、ささやいた。

そして彩羽の頬にかかるまっすぐな黒髪を指でかき分け、耳の後ろに流していく。

「興奮するなぁ……」

千秋が熱い息をゆっくりと吐き出しながら、自分のものをしゃぶる彩羽を見おろして、うっとりとした表情になる。

（私でも、彼を興奮させられるんだ……）

正直言って口でしたのは初めてだった。

たぶん、下手だと思う。だが自分はそうしたかった。

千秋が好きだから、気持ちよくなってほしい。好きだから、いつもと違う顔が見てみたい。

そんな気持ちを込めて、丁寧に、丁寧に。

彩羽は舌を一生懸命動かしながら、血管をなぞる。

（くるしい……）

それからゆっくりと、注意深く口の中に収めていったが、彼の幹は太く長い。喉の奥まで入れても、とてもすべては飲み込めなさそうだった。おそらく四苦八苦しているのに気が付いたのだろう。

「……段差になってるところ、唇でしごいて」

千秋が優しく頬を指の背で撫でながらささやく。

「ん……」

言われたとおり、大きく張り出した先端のみを口に含み、顔を動かしていると、

「あと、お前の手で、握って……」

千秋が彩羽の両手を自身の肉棒へと導き、根元を握らせた。唾液とほとばしりでぬるぬるになった彼の肉棒は、美しい外見に似合わず、槍《やり》のように凶暴だった。

本当に好きな男にしか、こんなことはできない。だとすると、今まで彩羽が付き合ってきたかつての恋人たちに、自分は恋をしていなかったのかもしれない。

（見た目が真面目そうだから、とか。将来が安定しそうだからとか……そういう条件でしか、人を見てなかったから……）

この恋が、将来的にどうなるかなんて、もうどうでもよかった。もちろんハッピーエンドがいいと思うけれど、それをただ相手に望むだけだなんて、失礼だ。

(私も――この人を幸せにできますように)

言われたとおり、彼の肉杭を包み込んだ両手を上下にこすり上げる。

「あぁ……」

千秋が甘い吐息を吐き、時折ビクッと腰を震わせながら、顎をのけぞらせる。

もしかしたら限界が近いのだろうか。見たことのない表情に、胸がドキドキし始める。

「彩羽……ごめん、イキそう……」

「……ん」

愛おしいと思う気持ちを込めて、舌を這わせた。

「……クッ、あっ」

千秋がビクビクと腰を震わせて、彩羽の肩をつかみ、口の中から肉棒を引き抜く。その瞬間、パッと白いモノが飛び散って、ぽたぽたと彩羽の胸や頬に飛び散った。

「はぁっ……」

千秋は大きく深呼吸を繰り返し、彩羽の顔を覗き込み口の前に手のひらを差し出す。

「ほら、ペッてして」

「……」

「いいから、ペッてしなさい」

どうしようか迷ったが、素直に口を開けて千秋の手のひらに、精液を吐き出した。千秋はそれをタオルでぬぐいながら、切れ長の目を細めてなぜか一瞬、遠い目をする。

「やば……お前に舐めてもらえる日が来ようとは……」

なんだかひどく感慨深そうだ。

「私だって、こんなことするとは夢にも思わなかったよ」

少しだけ恥ずかしくなった彩羽が唇を尖らせると、

「それが、夢じゃないんだよなぁ……」

千秋は首を振って、また緩く勃ち上がり始めた性器を握り締めた。

「じゃあ、入れる?」

「えっ」

今出したのだからもう少し先かと思っていたが、彼はそうは思っていないらしい。

驚いて彼の下半身にちらりと目を向けると、屹立は千秋の手の中でまた体積を増やし、ビクビクと震えているではないか。

「あ……」

「指よりも入れてほしかったのはこれだもんな?」

熱っぽく、甘い声でささやきながら、千秋は枕元に叩きつけた避妊具を手に取って、バリッと包装を噛みちぎると、手早く自身の性器に装着する。

そしてシーツの上に胡坐をかき、彩羽に向かって両手を広げた。

「おいで」

甘やかな誘惑に、目の前がチカチカして、息をするのも忘れてしまいそうになる。

この槍に、串刺しにされたい。もうなにもわからないくらい、前後不覚になるくらい、六年前に一度だけ味わった、死に近い快感を味わってみたい。

「――うん」

彩羽はこくりとうなずいて、千秋の肩に手を置いて自分を支えながら、もう一方の手で千秋のそれを指先でつかみ、先端に蜜口をあてて腰を下ろす。

「……あぁっ……」

彩羽のそこはぐしょぐしょに濡れていたが、やはり大きな千秋の屹立を呑み込むには、時間がかかった。

千秋の屹立は先端のかさが大きく張っていて、彩羽の蜜壺の中でもその存在感を遺憾なく発揮していた。押し開かれ、弱いところをこすり上げて、奥へと進んでいく彼の肉杭は、それだけで気持ちがよくて、膝ががくがくと震えてしまう。

「いろは……あんまりゆっくりされると、俺、理性が飛ぶかも……」

千秋は熱い吐息を漏らしながら、切なそうに目の前の彩羽の顔を見上げる。

「ご、ごめん、でもっ……でも、ちあきくんの、すごく、おっきいから……っ……ああっ！」

あと少し、というところで、千秋が彩羽の腰をつかみ、下から突き上げたのだ。

少しずつと気を張っていたというのに、一瞬で奥を突かれた彩羽は、目の前で火花が散って息が止まりかける。

「や……ああっ……」

「ごめん、でも無理、ほんと無理っ……もう待てないっ……俺が、俺がお前に恋をして、どんだけ待ったと思ってるんだよっ……」

千秋がかすれた声で彩羽の腰を両手でぎゅうっと締め上げる。

「お前のナカ、めちゃくちゃに突きたい。お前の細い腰つかまえて、奥まで突いて、たくさんイカせてやりたい……！」

そして千秋は、これまでの——六年前に初めて彼とセックスした時にも見せたことがないような激しさで、彩羽の最奥にすべての情熱を叩きつけるように腰を振り始めた。

「あっ、あっ、あんっ……！」

「彩羽、いろは、すきっ、好きだっ……！」

肌がぶつかるたび、パンパンと破裂音が響く。

腹の奥まで突き上げられ、彩羽の体は宙に浮きそうになるが、がっちりと千秋に抱きかかえられて、逃げ場がない。

「や、あ、らめ、あっ……！　あん、あっ、んん〜ッ！」

「なにが駄目なんだ、言ってみろよ……！」

彩羽の蜜壺いっぱいに収められた千秋の肉棒は、彩羽の弱いところを確実にこすり上げながら、さらに硬度を増していく。

「や、へんに、なっちゃ、うぅ〜……！　ああっ！」

女の体は何度でもイケると聞いていたが、やはり千秋とのセックスだけがこんなに気持ちがいいなんて、絶対におかしい。

こんな喜びを知ってしまったら、二度と後戻りできなくなる。

「いいぜ……変になれよ……俺に溺れて、俺以外の男なんか見向きもしないように、なってくれよ……っ！」

千秋は軽く意識を飛ばしてのけぞる彩羽を、そのままシーツに押し倒し、膝をついた状態で彩羽の太ももを抱いて自分の膝にのせ、身動きが取れないようにしてからまた激しく突き上げる。

「ひあっ……！」

「ぎゅうぎゅう締めつけて……また、イクのか？」

千秋は艶然《えんぜん》と微笑み、右手をそうっとふたりが繋がった部分へと動かす。

そしてゆっくりと親指で、花芽を押しつぶしてしまった。

全身にびりびりと電流が走り、たまらず彩羽は両足で千秋の腰を挟んでいた。

「ッ……！」

「や、あああっ、だめっ、そこっ……」

「駄目って言いながら、俺にもっとしてほしいってねだってる……たまらないなっ……」

千秋の言うとおり、彩羽の両足は彼の腰に巻きつき、腰はもっと奥までしてほしいと跳ねあがり、ふっくらと膨れ上がったそこを千秋に見せつけている。

「や、っ、あ～～ッ……」

中だけでも十分気持ちがいいのに、同時に敏感な花芽をこすり上げられて、全身が強張った。

もう無理だ。

今まで感じたことがない快感が来る予感がして、彩羽はシーツをつかんでいた手を離し、千秋に向かって両腕を伸ばす。

「ちあ、ちあきくん、あ、っ、ぎゅって、してっ……おねがい、だからぁっ……」

六年前、彼と初めて体を重ねた夜、彩羽はまったく素直になれなかった。

気持ちよくてたまらなかったのに、そうだと言えなかった。

だが今日は違う。

思いを伝えられた、大事な最初の夜だ。

ひとりでイキたくない。

イク時は千秋を全身で感じていたい。

「千秋くんっ……」

全身をガクガクと震わせながら腕を伸ばす彩羽を見て、余裕ぶっていた千秋はぎゅうっと眉間にしわを寄せると、

「あーもうっ……お前、かわいすぎ……俺を殺す気かよ……」

ほんの少し情けない声でそうつぶやき、彩羽の腰を抱いていた両腕をほどくと、そのまま彩羽の体をぎゅうっと抱きしめて、激しく抽送を始めた。

「あ、ああっ、や、あ、ちあきくん、キス、して、あっ……キス、したい〜……ッ」

「はっ、ああっ……俺、まだお前のナカにいたいのにっ……くそっ……」

理性がふっとんだ、彩羽の甘い快楽に落ちた声に煽られたのか、

「舌、だせよ、彩羽っ……」

「んっ……」

千秋は体を強張らせながら、彩羽の唇に噛みつくようにキスをする。ふたりの舌が激しく絡み合い、唇からどちらのものかわからない唾液がこぼれ落ちていく。

ぴったりと上半身が重なって、彩羽のささやかな胸の先が彼のたくましい胸板でこすれて、また快感を煽る。

もはや千秋の抽送に技巧はなかった。

愚直にまっすぐに、激しく彩羽の最奥に向かって、もっと奥へ行きたいと言わんばかりに、激しく打ち込んでいく。

「ん、あっ、あぁ……っ……」

彩羽の唇から細い悲鳴が漏れる。

もう自分がどんなふうになっているのか、わからない。

ただ快楽という快楽が自分を小さく折りたたんで、そのまま呑み込んでいくような感覚が、強くなる。

無我夢中で千秋の首に腕を回していると、彩羽の体に覆いかぶさった千秋の体全体が、一瞬ひとまわり以上、大きくなった気がした。

「いろはっ……クッ……ンッ……！」

彩羽の最奥に屹立を押し込んだ千秋は、彩羽と口づけたまま、がくがくと腰を震わせながら全身を強張らせる。

避妊具越しだというのに、彼のモノがビクビクと痙攣《けいれん》しながら、大量の熱を吐き出すのがわかったし、その熱を全部受け止めたいと自分の中がぎゅうぎゅうと締まるのを、彩羽は感じていた。

「ん、んっ……」

激しい快楽の渦の中、お互い無言で、舌を絡ませる。

（おなか……あつい……）

相当量を吐き出したはずの千秋のそれは、まだ足りないようで、彩羽の最奥に最後の一滴まで絞り出すと言わんばかりに腰を押し付ける。

「あ……まだ、出てる……すげぇな……」

千秋はかすかに笑って、息を吐きながら唇を外すと、腰を引いてゆっくりと性器を引き抜いた。

そして汗に濡れた自身の前髪をかき上げながら、彩羽の額にこつんと自分の額を合わせる。

「彩羽……好きだ」

「うん……私も……私も、大好きだよ……」

体を重ねた後に、こんなふうに愛をささやいて幸せになれるなんて、思いもしなかった。

彼の火照《ほて》った頬を両手で挟んで、そっと自分からキスをする。

「私のこと……諦めないでいてくれて、本当にありがとう」

ずっと追いかけてきてくれた彼がいたから、今のこの幸せがある。

（嬉しい……）

そして兄の余計なお世話について色々言いたいことはあるが、終わりよければすべてよしと言っていいのではないだろうか。

そうやって、彩羽はハッピーな気持ちに浸りながら、裸でいちゃいちゃしつつ、千秋とかわいらしいキスを交わしていたのだが、

「あ……」

と、千秋が渋い表情になる。

「どうしたの？」

「……大きくなってきた」

確かに太もものあたりに触れる千秋の屹立が、熱を帯びて硬くなっているのが伝わってくる。

「そう、だね。でもあれ一個だけだったし……」

彩羽は目をぱちくりさせながら、小さくうなずく。

(残念ながら、今晩はこれで終わりだな……まぁ、いいけど)

すると千秋の端整な顔が、なんだか叱られる前の子供のような表情に変化する。

「俺、持ってる」

「――え？」

「キャリーケースの中に、ある……」

「ええっ!?」

「いや、もちろんコンシェルジュに言えば、ダースで用意してくれるのはわかってるけどさぁ

〜……」

「そうじゃなくて！」

彩羽は彼の胸をぐいーっと押し返しながら首をひねる。

「最初からそのつもりだったってことっ!?」

待つと言っていたのはなんだったのだ。

「違う、もし万が一そういう流れになったらアレだから、念のため用意しただけだって！」

千秋は慌てたようにそう言うと、ガバッと裸のままベッドから飛び降り、クローゼットルームに向かうと、手に未開封の避妊具の箱を持って戻ってきた。

「でもまあ、正直に言う。一回じゃ全然足りない」

「え……」

「最低あと何回かは——したい。てかめっちゃしたい。今からがっつくから……ごめん」

「ええっ？　あっ……あっ……もうっ……！」

結局、美しい黒い瞳をきらめかせながら迫ってくる恋人を、押し返すことができなかったのは、言うまでもない——。

五話「いつまでも一緒に」

月曜日、彩羽は何度あくびをかみ殺しただろうか。

職場では皆にお土産の烏龍茶《ウーロンちゃ》を配り、動物園のパンダや夜市の写真などを見せながら『楽しかったですよ』と愛想笑いをした彩羽だが、疲れはほぼ取れなかった。

「はぁ……疲れたぁ」

自宅に帰った彩羽は、食事も取らずリビングのソファーに倒れ込む。

(千秋くんの体力、どうなってるの……？)

土曜の夜——。あれから千秋は彩羽を抱きつぶした。

夜通し抱いて、窓の外が白白としてきたところで一度眠り、昼前には起きてまた彩羽を抱いた。

彩羽も自分を強く求めてくれる千秋が嬉しくて、一生懸命に応えたつもりだったが、午後に差し掛かった頃には半分意識は飛んでいて、その後の記憶は曖昧だ。

せっかくの旅行なのに、観光をせずに半日が過ぎた。ただひたすらホテルで愛し合っただけである。

（ホテルをチェックアウトしたらもう飛行機に乗ってて、寝て起きたら日本に着いてて、なぜか自宅にいたのよね……）

ヒフミは仕事で不在だったのだが、在宅していた母が言うには、彩羽は完全にぽやぽやと寝ぼけているようで、千秋に抱きかかえられて、部屋のベッドまで運んでもらったらしい。

（恥ずかしすぎるでしょ……！）

外面の良さには定評がある千秋は、当然母にも気に入られ、彼が母宛てにお土産として用意していたパイナップルケーキとともにお茶を飲んで帰ったのだとか。

恋人の化け物並みの体力を恐ろしく思いつつも、スマホを見ると千秋からメッセージが届いていた。

『今日は一日仕事お疲れ様。体大丈夫か？』

『だいじょばない……』

本当は旅行のお礼をきちんと言いたいのだが、正直眠気が勝ってしまっていた。

彩羽はそのまま目を閉じる――。

＊＊＊＊＊＊＊＊＊＊＊＊＊＊

一方、その頃――。

「だいじょばないって……」

堂島邸本家の応接間で、千秋がクスクスとスマホを見て笑っていると、

「おいおい、どうした？　ニヤニヤして」

タブレットで、まったりと動画を見ていた三男の国春が、面白いものを見たと言わんばかりに、千秋の手元のスマホを覗き込んでくる。

「国春、行儀が悪いぞ」

それを咎めたのは、千秋の正面に座って新聞を読んでいた長男、冬真だ。

千秋はスマホをサイドテーブルに置いて、足を組み兄弟たちを見比べた。

堂島邸の家族が過ごす応接室は、壁一面の本棚と大理石でできた暖炉、そして部屋の隅には愛犬のオニギリが床に敷いたブランケットの上で、のびのびと眠っている。

窓にかかったカーテンは閉められているが、その外には百年前から存在する堂島邸の美しくて広大な庭が広がっていた。

「いや、別にいい。俺の彼女がかわいいから笑ってただけだし」

「ふぅん彼女……ハッ!?」

「千秋に彼女!?」

国春と冬真が、千秋の言葉に驚いたように目を見開く。

「千秋がはっきりと彼女だって言うってことは……もしかしてあの、噂の彼女？」

国春が、おそるおそるといった雰囲気で問いかける。

それもそうだろう。兄も弟も次男の不毛で難儀な片思いを知っている。もう諦めたらと助言したのは一度や二度ではなかったし、誰もうまくいくなんて信じていなかった。

「ああ、そうだ」

千秋がふふんと自慢げにうなずくと冬真が、顎のあたりを指で撫でながらうめき声を上げる。

「もう、どうやっても無理だろうと思っていたんだがな……そうか。まさに『涓滴《けんてき》岩を穿《うが》つ』だな」

しみじみとした様子の兄に、千秋は告げる。

「兄貴には悪いけど、俺三十前には結婚しようと思ってるから。お先に失礼します、だ」

「はっ!?」

千秋の言葉に長男が持っていた新聞を床に落とす。冬真がいずれ堂島グループを背負う立場になるのは周知の事実だが、彼は今年三十二になって、未だに独身だ。

「……あらら。でもまぁ俺も冬真にぃよりは早いかもな」

それを聞いた国春が、千秋の隣で長い足を組む。三男の国春は二十六歳だが、長く付き合っている恋人がいる。生真面目カタブツ長男だけがフリーということになると、それなりに問題が発生する。

「冬真はあれだな、いい加減見合いで相手を決めろよ。弟ふたりが先に結婚となると、堂島家の長男として、あれこれ言われるぞ」

千秋がからかうように言うと、兄はただでさえ愛想のない顔をさらに渋面にして、中指でメタルフレームの眼鏡を押し上げて「バカバカしい」とため息をついた。

「今は仕事が忙しい。それどころじゃない」

そして床に落とした新聞を拾い上げ、応接間を出て行ってしまった。

「逃げた」

国春の一言に、

「逃げたな」

千秋も同意する。

見た目は割と似ているのに、三人の性格は見事にバラバラで、両親からはデコボコ三兄弟と笑われているが軽口を叩けるくらいに仲はいい。

「とりあえず彼女、うちに連れて来いよ」

「そうだな……取るなよ!?」

くわっと目を見開く千秋に呆れた国春は、

「俺にも大事にしてる彼女いるわ！」

と笑って、彼もまた応接間を出て行った。

「家に呼ぶか……」

両親は非常にリベラルで、基本的に息子たちの結婚に口を出すつもりはないらしい。千秋だって帰国早々、見合い云々と言われたがなんだかんだでそれっきりだ。そもそも堂島グループの経営陣に親族は多いが、社長である父も堂島の血は引いていない。母が直系の一族ではあるが、血の繋がりでグループを維持しているわけではない。

もちろん結婚は個人の問題ではなく双方の家も絡むことなので、慎重にならざるを得ないが、仮に彩羽になんらかの問題が発覚したとしても、千秋は知ったことではない。絶対に一緒になると決めている。

(むしろ、向こうが堂島の名を面倒に感じて、逃げる可能性があるかもしれないんだよな)

彼女が財産や名誉に釣られてくれる女性なら話は早いが、そもそも彩羽がそういう女性だったら、好きになってはいない。

十八になるまでずっと思考を停止させて、女なんてこういうもんだろと斜に構えていた自分を、つまらないと切り捨てた彩羽だから好きになったのだ。

そして彼女が、あの兄にうんざりしていたから今のふたりがある。

(そうなると、ある意味ヒフミにも感謝だな)

千秋は改めてスマホを手に取り、部屋の隅で気持ちよさそうにぐうぐうと寝ているオニギリを写真に撮る。

そして彩羽へメッセージを送ったのだった。

＊＊＊＊＊＊＊＊＊＊＊＊＊

翌日、彩羽は仕事が休みだったので、朝から家の掃除洗濯を一気に担って、精力的に働いた。昼にはすべての家事が終わってしまったので、台湾土産で買った烏龍茶を淹れてリビングでまったりとお茶を楽しむ。

窓際にはさんさんと差し込む太陽の下、のびのびと日向ぼっこをするオスシが見える。実に平和な休日といえるが、どうにも気分が落ち着かなかった。

「どうしよう」

彩羽はスマホの画面を見て、はぁ、とため息をつく。

昨晩寝入ってしまった後に『今度うちに遊びに来ないか。オニギリも待ってるし』と千秋からメッセージが届いたのだ。

添付された写真には、かつて彩羽がほんの少しの間だけ面倒をみた、子犬の面影がある犬の姿があって嬉しくなったが、同時に高い天井や、使い込まれた上品な調度品がチラッと写り込んでいるのにも気が付いて、おそれをなしてしまった。

（堂島家……完全に大河ドラマに出てくるお屋敷だよ……）

千秋が帰国してから実家で過ごしているというのは聞いている。仕事が落ち着いたら家を出ると言っていたので、ずっといるわけではないのだろうが、遊びに来ないかと言われたら断りにくい。

（オニギリにも会いたいけど……ご両親はいらっしゃるのかな……うぅ……）

親の目から見て、千秋に自分がふさわしいかと思うと、正直自信はない。彼の周りには、それこそ知識も教養も優れた女性がごまんといるはずだ。

（でも、千秋くんは私を選んでくれたんだから……！）

彩羽は勇気を振り絞って、スマホに返事を打ち込む。

『うん、楽しみ！』

彼を信じずして、誰を信じる。ひとりで怖がっては千秋と付き合ってはいけない。

虎穴《こけつ》に入《い》らずんば虎子《こじ》を得ずだ。


千秋の実家に招待される日程は、二週間後の日曜日に決まった。

「全然デートもできなくて、ごめんな。夏には実家を出るし、もう少し落ち着くと思うから」

ここは彩羽が働く事務所のすぐ側にある純喫茶だ。以前ヒフミに連れて来てもらった店だが、お弁当を持ってこない日は、ここでランチを取るのがいつもの定番になっていた。

今日は、昼に少しだけ時間が取れると連絡してきた千秋と一緒に、ナポリタンを食べている。

彼と顔を合わせて話ができるのは二週間ぶりだ。千秋は堂島商事の本社に戻ってから、海外営業本部長兼、取締役に就任したらしい。忙しいに決まっているので、こればかりは仕方ない。

「大丈夫だよ。仕事忙しいと思うけど、体には気を付けてね」

こくりとうなずくと、千秋はふっと嬉しそうに微笑んで、右手を伸ばし彩羽の頬を指でぬぐった。

「ここ、ソースついている」

「えっ！」

彩羽は真っ赤になりながら、テーブルの上に置かれているペーパーナプキンを手に取って押さえる。

「ナポリタンはやめとけばよかったかな……」

恥ずかしくなりながらうつむくと、ほんの少し前に食べ終えた千秋はフフッと笑って頬杖をついた。

「俺は彩羽のかわいいところ見れて嬉しいけど」

「あんまり甘やかさないでよ」

小さな子ならまだしも、アラサー女子に言わないでほしい。

「甘やかしてないって。俺が普通にそう思うだけ」

そう言う千秋はひどく機嫌がよさそうだ。

（話半分くらいに聞いておこう）

彼と一緒にいると、なんだか自分が駄目人間になっていきそうな気がしてしまう。

食後にオレンジジュースを飲んで、店を出る。千秋は近くに車を停めているらしい。離れがたくて車まで見送ることにした。

「じゃあまた」

彩羽の言葉に、千秋は小さくうなずいて車の鍵を開けたが、乗り込まないまま、

「十分だけ、中で話さないか」

と、甘い声でささやいた。

こちらを見る千秋の目は艶っぽく輝いていて――。

「あ……うん」

うなずいて、彩羽は助手席に回った。ドアを引いて乗り込むと同時に、先にシートに座っていた千秋の両手が伸びてきて、彩羽を抱きすくめる。

「ごめん、話って言ったけどほんとはこうしたかった」

早口でそう言うと、千秋は彩羽に覆いかぶさるようにキスをしていた。

「んっ……」

彩羽の唇から吐息が漏れる。

（ごめんなんて、言わなくていいのに……）

彩羽だって、彼の目が自分をどんなふうに見つめたかに、気が付いていたのだから。

上等なスーツの衣擦れの音が車の中に響く。彼の使っている香水なのか、さわやかなグリーンの香りに包まれて、頭がぼうっとした。彼の舌からはオレンジジュースの味がして、甘くかすかにほろ苦い。

「キスしたら充電できるかと思ったけど」

千秋は唇を外した後、彩羽の頬を指で撫でながら切なそうに目を細める。

「できなかった？」

私はできたけど――と思っていると、千秋は左右に首を振った。

「離れがたくなって困る」

「そ……そっか……」

確かにそれはそうかもしれない。少しだけと思ってくっついたはずなのに、強く抱きしめられてキスを与えられると、もうずっとこのままでいたいと思ってしまう。

千秋は彩羽の手を握って、愛おしくてたまらないと言わんばかりに手の甲を撫でまわしている。

（なんだかすり減りそう……）

だがそれもまた愛おしいと思ってしまう彩羽だった。

「あ、そういえば私、事務所に正社員として就職することにしたの」

「えっ、マジで？」

「うん。その、いつまでもアルバイトじゃなんだな……と思って」

兄が働いている職場なんて嫌だと漠然と思っていたが、ヒフミも真面目に仕事をしているし、仕事自体にも興味が湧いてきた。やはり自分はじっとしていられないタチだったのだと改めて認識したが、理由はそれだけではない。

しょぼしょぼと口にすると、千秋がハッとしたように目を見開く。

「もしかして、うちのこと気にしてる？」

「――うん」

彩羽はうなずき、それから顔を上げてまっすぐに千秋を見つめた。

「私、千秋くんのご家族に認めてもらえるよう頑張るから」

「彩羽……」

千秋は感極まったように唇をわななかせると、もてあそんでいた彩羽の手を両手で包み込むようにして、顔を近づける。

「前にも言ったけど、家族は彩羽のこと知ってるし、付き合いに反対するなんてありえないからな」

「う、うん……」

千秋の真剣な眼差しに押されるように、彩羽はうなずく。

思いが通じ合ってから、千秋からは念押しのように何度も聞かされている。

『うちが面倒だって思われたくないから』

と千秋は説明してくれたが、彩羽はどこまでそれを信じていいのか、少しばかり疑ってい
た。だが仮に反対されていたとしても、千秋のことを諦めるわけにもいかないので、まずは正
社員の道を選んだのだ。

そんな彩羽を見て、千秋が少しだけ緊張したように目に力を込める。

「なぁ……もし俺が今すぐさ……」

「ん？」

「いや、なんでもない。また今度話すことにする」

そして千秋は両手で彩羽の頬を包み込み、チュッと軽く額に口づけを落とした。

「電話、毎日するから」

「うん。ありがとう」

気になったが、また今度と言われたらそれ以上追及はできない。

彩羽は車から降りて、千秋に手を振って事務所へと戻ったのだった。

（とりあえず堂島家に行くまで、ダイエットしよう……）

彼の実家。挨拶——ご両親に喜ばれるコーディネート、等々。彩羽のスマホの検索履歴は、わずか二週間弱でそんな単語で溢れかえってしまった。過去、付き合っていた恋人の実家に行ったことはあるのだが、相手が違うのだからやはりあてにはならない。

いよいよ明日、堂島邸に遊びに行く。

千秋は『母親は家にいるけど、全然気にしなくていいから』と言われたがそうはいかない。

「はぁ……」

風呂上がりにパックをしつつ、ソファーの上でゴロゴロしていた彩羽が寝返りを打っていると、

「どしたの」

と、ヒフミが頭上から顔を覗き込んできた。

「わーっ！」

にゅっと出てきた兄の姿に、彩羽は慌てて飛び起きる。

「び、び、びっくりした……」

心臓がばくばくと跳ねていた。パジャマの上から胸を押さえると、ヒフミはソファーに回り込んで、腰を下ろす。

「明日デート？」

目ざといというかなんというか、パックをしているのを見てピンと来たらしい。

「デートっていうか……彼の実家に遊びに行くことになってて」

彩羽は顔に貼っていたパックをはがしてゴミ箱にポイと捨てると、化粧水や乳液を足してソファーの上で膝を抱えた。

「ええっ！」

ヒフミは目を見開き、慌てたように彩羽の顔を覗き込んできた。

「展開、早くない……？」

「いや、ご両親に挨拶とかそういう感じではなくて、彼の実家にいる犬を見に行くだけなんだけど」

そしてその犬は、かつて彩羽が保護した子犬だという説明をする。

話を聞いたヒフミはなぜか若干恐怖に引きつった顔になった。

「なぁ、その……お前の恋人、ちょっとアレだな」

「あれ？」

あれとはなんだと首をかしげる。

「いやだから……まぁ……着々と囲い込んでいるというか……いや、俺が口出しするのはやめておこう。妹の恋人だし」

ヒフミはそうやって肩をすくめると、ニコニコ笑って彩羽の頬を指で突いた。

「お前は笑った顔がすげぇかわいいんだから。いつもどおりにしていれば大丈夫だよ」

「そうかなぁ……。でも私、女らしくないから、少しでも上品に見える方法はないかと思って。でも明日じゃもう無理だよね」

ため息をつきつつ、足をブラブラさせていると、

「上品？」

ヒフミは細い顎を指でつまみながら「あるよ」と目をぱちくりさせた。

「え、なに？」

ヒフミの思い付きにのっかっていいのか一瞬迷ってしまったが、溺れる者は藁《わら》をもつかむと言う。

顔を近づけると、ヒフミはニヤーッと笑って「ちょっと待ってて」と立ち上がり、自分の部屋から一抱えの段ボールを持って戻ってきた。

「これ、こないだＣＭ撮影したメーカーさんが、事務所に送ってきてくれたんだ。お前にやるよ」

「えぇ？」

いったい中身はなんなのだろう。これで簡単に上品になれるとでも言うのだろうか。

彩羽は首をひねりながらも、それを受け取ったのだった。

そして迎えた堂島家の訪問当日。彩羽は薄いミントグリーンのシンプルなノースリーブワンピースにカーディガンを羽織り、パンプスを合わせたさわやかな姿で、迎えに来た千秋の車に乗り、彼の自宅へとお邪魔することになった。ふたり並んでお屋敷の庭を突っ切って、玄関へと向かう。

「わざわざ手土産まで用意してくれたんだろ？　悪いな気を使わせて」

隣を歩く千秋が、彩羽の顔を覗き込み、穏やかに微笑んだ。

「ううん、私こそお邪魔するわけだし」

昨日、彩羽は老舗和菓子店のおかきを昼休みに買いに行った。堂島家には、なにをお土産に持って行っても物足りない気はしたのだが、こういうのは気持ちが大事だと自分に言い聞かせる。

ちなみに港区《みなと》にある瀟洒《しょうしゃ》な堂島邸は、かつて海外からの来客をもてなすためのカントリーハウスとして、明治《めいじ》時代に建てられたものなのだとか。関東大震災で一部焼失したらしいが、戦前戦後と時代の波を乗り越えて、今でもその美しさを保っている。

正門から玄関まで、百メートル以上は余裕である。

「何階建てなの……？」

白い壁にずらりと並ぶ窓の分だけ、部屋があるのだろうか。

彩羽が茫然としながら建物を見上げると、

「三階まであるけど、最上階は使ってないな。一階には食堂とかサロンとか、生活関係のあれこれがあって、二階がプライベートスペースで、家族の部屋がある」

さらりと千秋が説明してくれた。

「そうなんだ……」

食堂にサロンと聞いて、開いた口がふさがらない。

彩羽は観光客気分で玄関スペースへと足を踏み入れたのだが、

「あらあらまぁぁ！」

と、高い声が響いてドキッとした。声がしたほうを見れば、品のいい着物姿の女性がワクワクした顔で駆け寄ってくる。

「いらっしゃい～！　待ってたのよぅ～！」

「あっ、母さん！　こっちから行くまで、顔出さなくていいって言っただろ！」

千秋が焦ったように叫ぶ。

(えっ、この人が千秋くんのお母さん!?)

男の子は母親に似るというが、どうやら違うらしい。彼の母親はどちらかというと小柄で、ひな人形のようにほんわかとした、いかにも堂島のお姫様、という雰囲気だった。

いきなりのことにびっくりしたが、ここはとりあえず挨拶だ。

「はっ……初めまして、わたくし、千秋さんとお付き合いをさせていただいて――」

頭の中で、ご両親に遭遇した時に言おうと思っていたセリフを口にしかけたところで、

「さささ、こっちに来てちょうだい！　お茶を用意させますから～！」

彼女は彩羽の腕をつかむと、興奮したようにそのまま廊下の奥へと引っ張っていく。

「えっ？」

「ちょっと、母さん……！」

引きずられていく彩羽を見て、千秋も慌てて後を追いかけてきた。

玄関からホールを抜けてサロンルームへと入る。天井からは繊細な作りをしたガラスのシャンデリアがぶら下がっており、三人掛けのソファーが四つ並んでいる。部屋の隅には大きな花瓶が置かれており、むせ返るほど甘く青い、薔薇の香りが漂っていた。

（わぁ……ホテルのロビーみたい……）

庭に面した窓は両開きの観音扉で、たっぷりと襞をつくったマスタードカラーのカーテンが下がり、窓の外の新緑を一枚の絵画のように縁取っている。ここまで来たら生活レベル云々の問題ではない。彼らは王侯貴族のようなものなのだ。今更自分をよく見せようと思っても、付け焼き刃では意味がないだろう。

そう思うと少しだけ肩の力が抜けた。

彩羽はニコニコ笑って、千秋の母に向かい合う。

「初めまして、天沢彩羽と申します」

「こちらこそ、挨拶が遅れてごめんなさいね。堂島京子です。遊びに来てくださるの、すっごく楽しみに待っていたのよ」

彼女はうふふと笑いながら彩羽をソファーに座らせる。すると同時に、クラシカルなメイド服姿（まさか現代に存在するとは思わなかった）の女性たちがティーワゴンを押しながらサロンに入ってくる。

「はぁ……」

千秋がうなだれながら、彩羽の隣にドカッと腰を下ろした。呆れ顔を隠していないが、いつものことなのかもしれない。

「今朝言ったと思いますけど、お茶を一杯飲むだけですからね」

「まっ、千秋ったら。彩羽さんを独り占めしたいのね。でもお母さんだってお話ししたいわ。お前が家に女の子を連れてきたのは初めてなんだから」

京子はまた楽しげに、鈴を転がすような声で笑うと、キラキラした瞳で彩羽を見つめたのだった。

「──ほんとごめん。疲れただろ」

彩羽を待ち伏せしていた京子の強制お茶会は、二時間ほどで終了した。

気が付けば時計の針は三時を回っている。

千秋は彩羽の手を取って螺旋《らせん》階段をのぼり、中央ホールから離れた一番端の部屋に彩羽を招き入れていた。

千秋の部屋は想像どおり、シックなホテルのスイートルームのような雰囲気だった。ベージュとブルーを基調にした落ち着いた部屋で、千秋によく似合っている。窓は開け放っていて、そよそよとさわやかな風が部屋の中に吹き込んでいた。

千秋ははぁ、と大きくため息をついて、それから「充電……」と、彩羽を背後から抱きしめる。

「お母さん、かわいい人なんだね。ちょっと意外だった。しかも『ヒフミ』の大ファンだなんて」

そう、なんと京子は文字どおりヒフミの大ファンだったのだ。数年前に発足したファンクラブにも即日入会し、会員ナンバーは驚異の一桁なんだとか。彩羽との関係を知っていたわけではなく、数日前に千秋から聞いて大興奮していた。

ここに来て『大好きなヒフミのたったひとりの妹』というアドバンテージが、彩羽を大いに助けてくれたようだ。台湾でのことといい、また兄の世話になってしまったと思うと複雑だが、ここは素直に感謝しておきたい。

「あの人、浮世離れしてるんだよ。ふわっふわの妖精みたいなもんだ」

そして千秋は心底疲れたと言わんばかりに、また大きくため息をつく。

「とりあえず気を取りなおして、ここ座って。ちょっと待ってて」

千秋は窓際に置かれた丸テーブルの前の椅子に彩羽を座らせて、ガチャリとドアを開けると
「オニギリ！」

と声を張った。すると遠くから「ワン！」と声がして、ちゃりちゃりと響く爪音とともに、白黒の犬が部屋の中に弾丸のごとく、飛び込んでくる。

「わぁ……！」

彩羽は思わず椅子から立ち上がり、千秋に飛び掛かって大喜びしているオニギリのもとに向かう。

「ふかふかで、もふもふで、さらさらだぁ〜……！」

大型長毛種の血が混じっているのは間違いないようだ。子犬の頃は毛玉の化身のようだったが、今は彩羽にはとても抱きかかえられない大きさにまで育っている。

「触っても大丈夫？」

「もちろん」

そうっと垂れ下がった耳の後ろに手を入れると、オニギリは嬉しそうに尻尾をぶんぶんと振り始める。瞳はキラキラと輝いて、堂島家で愛されているのだとわかって、嬉しくなった。

「ふふっ……こんなに大きくなって……幸せになれてよかったねぇ……」

そのまま両腕でオニギリを抱きしめて、顔をモフモフの中にうずめる。

（お日様と葉っぱの匂いがする……）

きっとついさきほどまで、庭を走り回っていたのだろう。幸せな香りだ。

そうやってしばらくもふもふを満喫していると、

「オニギリ、その人は俺の大事な彼女だから。そろそろ俺に代われ」

千秋が体の前で腕を組み、キリッとした眼差しで命令する。

「ワンッ！」

まるで千秋の言っていることがわかったかのように、オニギリは返事をすると、そのまま部屋を飛び出してしまった。

「千秋くん、オニギリに会わせてくれてありがとう」

「会わせたかったのは俺だよ」

そして千秋は彩羽の左手を取って薬指にキスをする。そこには台湾で買ったあの小さな翡翠の指輪が嵌められている。もちろん千秋の左薬指にもだ。

「ところでさ……。ここに新しい指輪を嵌める気はない？」

「えっ！」

「今度は俺が彩羽の家族に挨拶に行きたいな」

「そ、それって」

まさかこのタイミングとは思っていなかった。もしかしたら、先日車の中で言いかけていたのは、これだったのだろうか。

「いや、前から言いたかったんだけど。ちゃんとプロポーズするなら、家に来てもらったタイミングだろうなって思ってた。俺と結婚しよう。あなたの夫にしてください」

さらりと言われて、息が止まりそうになる。

「私で、いいの……？」

おずおずと問いかけると、千秋が少しだけむくれる。

「彩羽、俺のこと好きって言ってくれたじゃん」

少し子供っぽくて、だけどかわいい。

「うん……大好きだよ。ずっと一緒にいたいって、思ってるよ……」

それは彩羽が彼に望む、たったひとつの願いだった。

過去に大事にしていた、安定した生活だとか、真面目そうだからだとか、そんなのはどうでもいい。

もし万が一、堂島グループになにか大問題が起こって、千秋が体ひとつで放り出されたとしても、自分が働いて千秋を養ってやる。

本気でそう思うくらい、千秋を大事に思っている。

この先なにがあっても一緒にいたかった。

「だったら……俺にそれに応える以外の選択肢が、あるわけないだろ？」

千秋はクスッと笑って、両手で彩羽の頬を挟み込むと、そっと唇にキスを落とす。

キスはほんの一瞬で、お互いの瞳にお互いのシルエットが映り込む。

見つめ合っているだけで幸せな気持ちが体を満たしていく。魔性の目だと思っていた彼の瞳は、キラキラと星のように輝いていた。

「そういえばさ、今日なんか彩羽いつもと違ってたな」

「え？」

「歩き方とか、立ち居振る舞いがいつも以上に優雅っていうかさ」

「……さすが千秋くん」

彩羽は恋人の観察眼に驚きつつ、種明かしをする。

「あのね、実はひぃ兄ちゃんに……下着をもらったの」

「し……!?」

千秋がぎょっとしたように目を見開く。

「あ、変な意味じゃなくて！　ＣＭ撮影の時にサンプル品、たくさんもらったんだって。女の子用の……ガーターとかストッキングとかも……たくさん」

彩羽は太ももの上を手のひらで撫でながら、正直に打ち明ける。

そう、昨晩、一夜漬けで優雅な振る舞いをしたいと願った妹に兄がプレゼントしたのは、下着だったのだ。

「ガーターベルトなんて生まれて初めて着けたから、どうしてもこう、いつも以上に足さばきとか気を付けざるを得ないと言うか……雑に動かせないから、そう見えたんだと思うよ」

ノンワイヤーでありながら彩羽の胸を優雅に包み込む総レースのブラジャーや、ヒップラインが美しく見える魅惑のショーツなど、清純そうなワンピースの下には秘密がいっぱいということだ。

彩羽が恥ずかしがりつつもえへへ、と笑うと、

「――鍵しめとくか」

千秋はひどく真面目な表情で彩羽から手を離し、そそくさと部屋のドアに鍵をかけて戻ってきた。

「鍵？」

「邪魔が入ると困るし。まぁこの部屋離れてるから、誰にも気づかれないと思うけど念のためね」

「えっ！　まさかえっちなことするつもりっ!?　昼間だよ!?　おうちだよ!?」

「何時とか実家とか関係ないだろ！　ガーター着けてるって聞いて黙ってられるか！　お前は鬼か！」

そして千秋は部屋の真ん中で立ち尽くす彩羽の前に、サッとひざまずいて片膝を立てると、彩羽の手の甲に口づけながら、少し舞台がかった声でささやいた。

「どうぞ、恋人のえっちな姿を見たくてたまらない哀れな男に、愛をお恵みください」

「もうっ！」

カッコいい顔をして、死ぬほどダサいことを言わないでほしい。

たまらず笑ってしまった彩羽を見上げて、千秋もニッコリと笑った。

そうやってふたりでクスクスとくだらないことを笑い合いながら、千秋は彩羽を優雅に抱き上げて、ベッドへと運ぶ。

窓の外からはワンワン、とオニギリが庭を駆け巡って吠える声が聞こえたが、すぐにそれも聞こえなくなった。

番外編　イケない放課後

「あれ、今日は誰もいないの？」

リビングに足を踏み入れた千秋が、足元ににゃーにゃーと寄ってきたオスシを抱き上げながら周囲を見回す。

「うん、さっきまでお母さんがいたんだけど、友達から連絡があって遊びに行っちゃった。帰ってくるのはたぶん夜遅くだよ」

彩羽はキッチンでお茶の準備をしながら答える。

千秋と正式に付き合い出して初めて一緒に年を越し、季節は二月。心底寒い冬である。

去年の夏に彩羽が、あとから千秋が、互いの家族に挨拶をして、結婚を前提にしたお付き合いが続いている。あれほど気にしていた、彼に自分はふさわしくないのではという悩みも、堂島家の人たちが温かく受け入れてくれたおかげでなくなった。

着々と双方の顔合わせは終わり、来週には正式に婚約をかわし、六月に結婚式を挙げる予定になっていた。ちなみに千秋の勧めもあって、当分仕事は続ける予定だ。

あとは自分が千秋にふさわしい、素敵な女性になれたらと少しずつ勉強を始めているところである。

「そっか。で、ヒフミは今、舞台中だっけ」

「おかげさまで忙しくしているみたい。秋からは地上波ドラマにも出るんだよ」

「主役？」

「ううん、主役はアイドルの子で、ひぃ兄ちゃんはヒロインに片思いする当て馬役なんだって」

彩羽は湯を沸かし、手際よくガラスのポットに紅茶の茶葉を入れる。

「原作読んだんだけど、当て馬とはいえめちゃくちゃカッコよくて、私は絶対主役よりこっちのほうがいいじゃんって思ったの」

考えてみたら、彩羽は少女漫画でも、昔から控えめにヒロインを支える当て馬キャラばかり好きになっていた記憶がある。

「ヒロインへの恋心を胸の内に秘めながら、仕事も恋も応援してるの。めちゃくちゃいじらしくってキュンキュンするんだ」

彩羽がほうっとため息をつくと、片手でオスシを抱いた千秋が、もう一方の手で彩羽を背後から抱きしめてきた。

「ほんとお前って、そういうタイプ好きだな」

「まぁ、千秋くんは圧倒的に主役タイプだよね」

「……俺は今日ほど、この華やかな容姿と、思ったことは全部口に出すオレ様な性格を恨めしく思ったことはない。もっと地味に生まれてきたらよかった」

「アハハ！　いやそういうところだよ！」

本人的には謙遜しているつもりなのかもしれないが、まったくその気配がないのがおかしくてたまらない。

そうして彩羽がクックッと肩を揺らして笑っていると、千秋は「難しいな」とつぶやきつつ、腕に抱いていたオスシを下ろし、代わりにトレーの上に紅茶のカップやポットをのせる。

「シュークリーム買ってあるの。持っていくから、先に部屋にお茶を運んでくれる？　暖房も入れておいてね」

「わかった」

彼はこくりとうなずくと、素直に彩羽の部屋へと向かって行った。

それから彩羽も、冷蔵庫から出したシュークリームをお皿の上にのせて、自室のドアノブに手をかける。近所のケーキショップで買える、バニラビーンズがたっぷり入ったシュークリームは彩羽のお気に入りだ。きっと千秋も気に入るだろう。

そんな気持ちでドアを開けたのだが、

「えっ、なにしてるの⁉」

自分が見た光景に、声がひっくり返ってしまった。

「なにって……いや懐かしいなって」

なんと千秋が、彩羽たちが通っていた、高校の制服がかかったハンガーを手に取っていたのだ。

「クローゼット開けたのっ？」

「洋服が引っかかってたから、なおそうと思ったんだよ。別にお前の下着を漁《あさ》ろうとしたわけじゃない。で、たまたま制服を発見しただけ」

「もうっ……」

千秋が彩羽の下着を漁るはずがないのはわかっているが、十年前の制服を見られるというのはなんだか無性に恥ずかしい。

「クローゼットの模様替えした時に発見したの。でも制服って捨てるに捨てられなくて……」

そんなことを言いながら彼の手から制服を取り返そうとしたのだが――。

千秋はサッとその手を上げて、彩羽の手の届かないところに持ち上げると「待った」と真面目な表情になる。

いったいどうしたのかと首をかしげると、

「これ、着て見せて」

と、千秋は恐ろしく真剣な表情で言い放った。

「はっ？」

「見たい。彩羽の制服姿が見たい」

「や、やだよ！　なに言ってるの、無理に決まってるでしょ！」

彩羽はひいいい、と頬を引きつらせながら、千秋から制服を奪おうとどったんばったん彼の周りを跳ねまわる。

「なんで無理なんだ」

「なんでもなにも、アラサーで制服着るなんて普通にキツイでしょ！」

彩羽はそう言って、そのまま千秋に飛び掛かる。

「わっ！」

「きゃあっ！」

彩羽を受け止めようとしてバランスを崩した千秋は、そのまま背後に向かって倒れてしまった。

「……彩羽、大丈夫か？」

千秋は腕の中に倒れ込んできた彩羽の頬を、指でそっと撫でる。

「う、うん。大丈夫。千秋くんは？」

「ベッドの上だからなんともない」

そして彼はふっと笑って、自分にのしかかったままの彩羽の頬にかかる髪をかき上げ、彩羽の耳にかけた。

セミシングルのベッドの上に、仰向けに横たわった千秋は、シンプルなタートルネックのセーターとデニムという姿なのに、恐ろしくさまになっていた。

(いつもは私が押し倒されてるのに……)

彩羽の見る景色は、基本的に逆の立場が多いので、髪が乱れて額があらわになっているのが、なんだか新鮮でドキッとしてしまう。

そうやってじいっと千秋を見おろしていると、彼の美しい目が次第に熱を帯びて、ウルウルと輝き始める。

「あ、ごめんなさいっ……」

いつまで千秋を押し倒しているのだ。慌てて彼の上から離れようとしたところで、千秋の手が彩羽の肘をつかみ、上半身を起こす。

ふたりの顔の距離が近くなったところで、千秋が低い声で口を開いた。

「なぁ、彩羽……やっぱり制服、着てほしい」

「えっ？」

「正直に言えば、制服着たお前とえっちなことしたい」

「はっ……はぁぁ!?」

いったいなにを言っているのだ。彩羽はもう耳まで真っ赤になってプルプルと首を振る。

「女子高生とえっちしたいってこと!? 千秋くんの変態っ！」

いい大人が未成年に手を出そうなんて、言語道断だ。本気で言っているのなら距離を置きたい。だが千秋は彩羽の発言に、慌てたように声を上げる。

「ばか、違うよ！　女子高生時代のお前を想像しつつやりたいってことだよ！」

千秋はおそろしく整った美しい顔で、さらにどうしようもない発言を繰り出した。

「だって、十年前の俺がどんだけお前でオナニーしたと思ってんの!?」

「おっ……!?」

耳を疑う発言に、彩羽の目が点になる。

一方千秋は、苦しそうに眉根を寄せて少しかすれた声で熱っぽくささやく。

「彩羽が恥ずかしがる気持ち、わかるよ。でもさ、十年前の俺の報われない片思いを可哀想だと思うなら、頼む……制服を着てくれ……！」

「――」

恋人に十年前の制服を着てほしいと懇願する堂島千秋。こんなの、彼を知る人物なら、絶対に信じないに決まっている。

それにしても千秋のこんな懇願を聞いたのは、いつぶりだろうか。好きでいさせてほしいと言われた時以来だろうか。あの時の千秋は目がくらむほどカッコよかったが、これはどうだろう。果たしてカッコいいと言えるのだろうか。

彩羽は何度か口を開いたり、閉じたりしながら言葉を呑み込み――。

「……いっかい……一回、だけだからねっ」

と、声を絞り出す。その瞬間、千秋はパーッと花が開くような笑顔になって、

「やったっ……」

と感極まったようにこぶしを握った。その笑みを見ただけで、彼が喜んでくれるのならと思ってしまう自分を殴りたくなってしまうのだが仕方ない。

(これも惚れた弱みってやつよね……)

彩羽はため息をつきつつ、ウキウキしている千秋を見て自分が着ているセーターの裾をつかんだのだった。

「もういい？」

彩羽の部屋のドアに向かって立っている千秋の背中は、完全に浮足立っていた。見たことがないくらいソワソワしている。

「──いいよ」

彩羽は大きく深呼吸をして、そう答える。

千秋はこくりとうなずくと、ゆっくりと肩越しに振り返り、ベッドの上で膝を抱えて座っている彩羽を見て、信じられないと言わんばかりに全身を震わせた。

「もうっ、やっぱり、変なんでしょ!?」

それが笑うのをこらえているように見えた彩羽は、抱えた膝に顔を押し付けて叫んでいた。

「変なわけないだろ……！」

だが千秋はそれを大きな声で否定すると、ビュン！　と目にも留まらぬ速さで近づいてきて、ベッドの上に乗り上げると彩羽の肩を両手でつかむ。

「十年前の彩羽だ……」

「いや、さすがにそれは言いすぎだって」

感極まったような千秋に、彩羽は首を振る。

彩羽の通っていた高校の制服は、ネイビーのブレザーに同系色のチェック柄のスカートなのだが、白いシャツに臙脂《えんじ》色のリボンをつける時は妙に恥ずかしく手が震えてしまった。ウエストのホックを留める時などは、もしかして留まらないのではとハラハラしたが、かろうじて引っかかってホッと胸を撫でおろしたのは言うまでもない。

「絶対変だもん……」

おかしいとわかっているのにやったのは、千秋に言われたからだ。本当に、千秋の望みじゃなかったら絶対にやっていない。

「そんなことない。そりゃ大人にはなったけど……彩羽は髪型もほぼ変わってないし。昔と変わらずかわいいし、きれいだ」

そう言いながら千秋はそうっと彩羽の額にキスをする。

「大好き。あー……ほんともう、最高」

千秋は感極まったようにそう何度もつぶやくと、強張った彩羽の心を解きほぐすように、ちゅっ、ちゅっ、と顔中にキスを繰り返した。

百パーセントお世辞だとはわかっているが、これだけ千秋が喜んでくれていると思うと、それはそれでよかったと思ってしまう。我ながら単純だ。

「……そう言ってもらえたら、やったかいがあったかも」

苦笑しつつ、ちらりと顔を上げて千秋を上目遣いで見上げると、彼はまた表情を引き締めてこつん、とおでこをくっつけた。

「キスしていい？」

果たしてキスだけで済むのだろうか。若干怪しい気がする。

「駄目って言ってもするんでしょ？」

「まぁ、するよな。だって俺はいつだってお前を愛したいんだから」

ああ言えばこう言う千秋は、そう言って頬を傾けるとそうっと彩羽の唇にキスをした。

ごく自然に彼の手がスカートの中に入り、太ももを撫でる。

「んっ……」

彩羽がビクッと体を震わせると、千秋の手がさらに奥へと侵入してきた。

「あ……待って……」

色っぽい気配を感じ取って彩羽が身じろぎすると、

「どうして？」

千秋がかすれた声で問いかける。

「お母さん、いないんだろ？　いいじゃん。学校じゃイチャイチャできないし」

「……」

彼の発言に、彩羽は目を丸くした。

（もしかして、ごっこ遊びしてる……？）

千秋の中では、高校生同士で付き合っている設定になっているのだろうか。

彩羽は急におかしくなって、思わず頬を緩ませ笑ってしまった。

「笑うなって」

「だって、笑うよ。学生ごっこって無理があるもん」

「お前なぁ……人生にはこういうお遊びは必要なんだぞ？」

千秋はちょっと子供っぽく唇を尖らせたかと思ったら、そのまま彩羽をベッドの上に押し倒すと、切れ長の目を細める。

「じゃあ俺は生徒じゃなくて、えっちな先生になるから。俺は今からお前に不埒《ふらち》なことをします」

「え、先生っ？」

「まぁまぁ」

　そして妙に真面目ぶった千秋は彩羽の背後に回り込むと、ゆっくりと彩羽のスカートを持ち上げて、下着のクロッチ部分に手を伸ばす。

「あっ……」

　彼の美しい指が布越しにゆっくりと彩羽の敏感な部分をこすり上げる。

「ん、あっ……」

「お前、もしかして制服でこういうことするのに、興奮してる？」

「っ……!?」

「だって、もう濡れ始めてるし」

「そんな、あっ……」

　右手でもっとも敏感な部分を苛《いじ》めながら、左手は上着のボタンを外し、シャツをスカートの中から引っ張りあげた。

「んっ……」

　肌を滑っていくその感覚に、彩羽がビクッと体を震わせると、

「シャツ一枚こすれる感触でその反応……。前から思ってたけど、ほんとお前感じやすいよな」

　千秋はひどく満足したようにその手をさらにシャツの中に滑り込ませ、ブラを上にずらして

乳房をゆっくりと揉み始めた。

「あ、あっ……あ、だめっ……っん～……」

「気持ちいい？　駄目だって言いながらすぐに感じちゃう。えっちだな、彩羽は」

「や、ばかっ……」

だが胸の先や下着越しに花芽をこする彼の指も、気持ちよすぎるのだ。

「耳、もう真っ赤だ」

「っ……」

彼の舌が耳たぶをぺろりと舐め上げて、そのまま吸い上げる。

「ん、あっ、ま、ってっ……」

「やだ。ほら、気持ちいいなら、遠慮せずイったらいいだろ」

千秋はクロッチ部分を横にずらして中指と薬指を蜜口の中に、滑り込ませた。

「あっ……！」

「もう、ぐっちょぐちょ……。真面目でいい子ちゃんなのに、こんなエロいなんて……先生興奮しちゃうよ」

「先生って、や、あ、ンッ……あ、ああっ……！」

尖りきった胸の先をつまみ、的確に彩羽のツボを押していく彼の指に、彩羽はどんどん上り詰めていく。

ごっこ遊びのはずなのに、同い年の千秋が先生に見えてくる。いや、真面目一辺倒だった自分が、制服を着て淫らに体を震わせていることに興奮しているのかもしれない。

「や、いっちゃ、あ、ん、あっ、あっ、あ～～ッ！」

あっという間に上り詰めてしまった。全身がビクビクと震えて、彩羽は背中をのけぞらせる。

「よしよし……」

千秋は満足したように指を引き抜くと、こめかみのあたりに口づけを落としささやいた。

「じゃあ今度は、先生を気持ちよくして……」

くったりと千秋に背中を預けていた彩羽の体を、優しくベッドにうつ伏せにする。そして彩羽の下着を膝までずり下ろした。

暖房は入れているが、部屋はまだ暖まっていない。ひんやりとした空気を肌に感じたところで、千秋はデニムのボタンを外し、ジッパーを下ろし、下着の中から猛《たけ》り切った屹立を取り出し、先端を蜜口に押し当てた。

「なぁ、彩羽。『先生、入れて』って言って。『おっきいの欲しい』って、言えるだろ？」

ものすごく艶っぽくていい声で淫らなことを言わないでほしい。

「……ばかっ」

「じゃあ入れなくてもいいのか？」

千秋は少しだけ意地悪な声色で、先端で蜜口をくすぐった。脈打つ彼の熱を感じて、心臓がドキドキし始める。

指は確かに気持ちよかったが、彩羽はもっと『いいこと』を知っている。

少し前から、千秋とのセックスはゴムをつけなくなった。正確に言えばつけたりつけなかったりなのだが、そこはふたりで話し合って決めた。

自然な流れで子供ができたらいいなと思っているが、あと数か月で結婚だ。そんなすぐに授かれるとは思っていないが、たくさん子供が欲しいのは事実なので、避妊はしなくなっている。

(つけないと、千秋くんをそのまま感じて……ドキドキするんだ)

彩羽は顔の下にあった枕を抱きしめながら、声を上げた。

「いれて……先生の、せんせぇの、おっきいの、ほしいからっ……あ、ひあっ……！」

バカバカしいと思うが、言わずにはいられなかった。欲しいと口にした瞬間、人一倍大きくなった肉杭が彩羽の中に押し込まれる。

「や、おっき、あっ、んんっ……」

「あー……すっげ、気持ちいい……」

千秋は大きく息を吐くと、それから彩羽のお尻を両手で支えつつ、屹立をギリギリまで引き抜き、また奥へと押し込んでいく。

「あ、ああっ、あっ、や、まって、あ」

「駄目だ。いやらしい生徒のお前を気持ちよくするのが、先生の仕事なんだからなっ……」

そして千秋は、激しく腰を打ちつける。

ズンズンと秘肉を突かれるたび、目の前に星が飛んだ。

大きくかさが張った千秋の男根は、太く硬く、彩羽の中をえぐって突き上げる。ふたりの肌がぶつかるたび、繋がった部分からもいやらしい音が響く。

「せんせぇ、せんせっ、あっ……もう、だめ、変になっちゃ、あっ……」

「いいよ、イケよ、彩羽……ッ……！」

千秋のモノが最奥を突き上げ、さらに大きくなる。

「ん、あああ、ああっ……！」

彩羽は背中を反らせながら悲鳴を上げる。

「あ、すっげぇ、締まる……ッ……」

千秋も遅れて数回、彩羽の蜜壷を味わうように何度か腰を振った後、熱い白濁を放つ。

「んぅ……」

中に千秋の熱を感じながら、彩羽はそのままベッドにうつ伏せに倒れ込んでしまった。

「彩羽、大丈夫か？」

千秋は自身の屹立を引き抜きながら、手早く清めて彩羽の隣に同じようにうつ伏せになった。

「だいじょ……ばない……はぁ……」

まだ心臓がバクバクしている。

「そっか。だいじょばないか」

千秋はクスクス笑いながら彩羽の頬にかかる髪を指で取り除くと、そのまま体を抱き寄せる。

「先生ごっこ、興奮したな……。そうだ、次は俺が制服着て、お前はスーツっていうのはどうだ。保健室の先生と不良のイメージで」

「ばか……もうしないよ」

思わずのっかってしまったのは自分だが、思い返すと恥ずかしくてたまらない。受け入れてしまったのは、ひとえに彼を愛するがゆえである。唇を尖らせた彩羽に、千秋はクスクス笑いながら、ついばむように軽く小鳥のようなキスをした。

「なぁ……。俺、結婚して子供ができても、ずっとお前に恋してると思う」

「え……？」

唐突な告白に心臓が跳ねる。

「本当は十代で出会えてたわけじゃん。後悔してるってわけじゃないんだけど、学生生活をお前と過ごせなかったこと、やっぱりちょっと残念なんだよな」

そして指の先で彩羽の唇の上を撫でながら目を細める。

「だから俺がこれからお前を溺れるほど愛するの、許してくれよ」

「……うん」

熱烈な告白にうなずくと、千秋は嬉しそうに微笑んだ。彼のその笑顔に、彩羽の胸はきゅんと甘くうずく。

「ねぇ、千秋くん。私こそ学生の頃から、自分に自信がなくて至らないところがたくさんあって、困らせたり心配かけたりするかもしれないけど……私のこと、なにがあっても手放したりしないでね」

そして彩羽は自分の唇を撫でる彼の手を取り、そっと指先にキスをする。

いつもは見せない彩羽の行動に、千秋は驚いたように目を見開いたが、

「ああ、もちろんだ」

と、うなずいた。

かつて魔性の男と呼ばれていた千秋は、しばらくの間蕩けるような目で自分を見つめていたが、思い立ったように長いまつ毛をふせて、顔を近づけてくる。

迫りくるキスの予感にたっぷりの幸せを感じながら、彩羽も目を閉じたのだった。

書き下ろし番外編

堂島邸の広大な庭園で執り行われる、親族と親しい友人だけを招いた結婚式は、これ以上ないほどの晴天に恵まれた。数日前から準備された庭は色とりどりのリボンや花が飾られて、ご婦人方のために日よけのテントが張られている。

会場に新郎新婦の姿はまだないが、気楽なパーティーだからと事前に聞かされているせいか、華やかに装った招待客はみなリラックスした様子で、ドリンク片手にいくつかの輪を作り歓談していた。

「や〜……いい天気だなぁ！　絶好の結婚式日和だ！」

そこで、正装に身を包んだ新婦の兄のヒフミが両腕をう～んと伸ばしながら空を見上げると、彼の姿を発見した参列者がはっと息をのんだ。

新婦の親族は父（ふたりとも）と母、ヒフミとニューヨークから叔母夫婦が出席ということになった。主催の堂島家は親族友人合わせて三十人ほど出席しているが、あとは彩羽の学生時代の友人が三人という小ぢんまりとした式である。

「ね、あの男性……芸能人よね？」

「新婦のお兄様なんですって」

庭に突然舞い降りた美の化身ヒフミの登場に、女性陣は上品にひそひそとささやき合いながらも、目線はヒフミにくぎ付けだ。

そう、ディレクターズスーツを身にまとったヒフミはいかにもザ・芸能人で、周囲にオーラをまんべんなくまき散らしているし、本人も隠してはいない。

（囲まれるかと思ったけど、さすが堂島の客は品がいいなぁ……）

ヒフミはそんなことを考えながら、テントの下のご婦人方に向かってにっこりと微笑みかけると、舞台で鍛え上げた美しいウインクを送った。

「きゃあっ！」

まさかのファンサに、招待客たちは手を取り合ってその場で跳ねる。

なにがどう仕事に繋がるかわからない。こういう時はいくら媚を売ってもよいだろう。堂島家の客ならごく普通の一般人ということもあるまい。

「どうぞご贔屓に」

ヒフミはそんなことをつぶやきながら、手のひらで首の後ろをひらりと舞う。指先はむなしく空を切り、ああそういえば髪を切ったのだと、少しだけ寂しい気分になった。

少し前まで舞台のために伸ばしていた髪は、次のテレビドラマ出演のために短く切り落とされている。まだそこに髪があるような気がして、つい触ってしまう。

（もう舞台は終わったのに……頭切り替えないと）

ヒフミは野生の勘で役者をしている。憑依《ひょうい》型とでもいうのだろうか。きっちりした役作りで演じる俳優ではなく、自分と登場人物を重ねて一体化するタイプである。

軽薄な男なら軽薄に。優しいだけの男を演じる時は、優男に。

ヒフミはカメレオンのように自分を切り替える。

そうするとプライベートも自然と引きずられてしまうことがある。

(今日の俺はタレントじゃない。妹の結婚を祝う兄、天沢比芙美《ひふみ》だ)

そんなことをぼんやりと考えていると、

「飲み物はいかがですか?」

涼やかな男性の声が背後から響いた。

振り返ると、そこに正装姿の青年が立っていた。両手にシャンパンとオレンジジュースを持っている。一瞬同業者かと思うレベルの美男子だが、すぐに彼が誰か気が付いた。

「じゃあノンアルコールを」

ジュースを受け取りながら、

「国春くんだっけ」

と、問いかける。

「はい。三男の堂島国春です。初めまして、ヒフミさん」

実にさわやかで人懐っこい笑顔だ。微笑みひとつで多くの老若男女をたぶらかしてきたのだろうと、推測できる。おそらく根っこは自分と同じタイプだ。

「天沢比芙美です。よろしく」

グラスを持っていない手でしっかり握手を交わし、それから周囲を見回した。

「いいお庭だね。まるでおとぎ話の世界に迷い込んだみたいだ」

お世辞でもなんでもない、本当にこれが個人宅なのかと驚くくらい、庭は美しくデコレーションされている。そしてたった数時間の式が終わればもとに戻すというのだから、驚きだ。

「うちは男が三人で、母はずっと娘が欲しかったんですよ。だからあれがやりたいこれをやりたいって、大騒ぎして。そのせいで彩羽さんにご迷惑をかけたかと思います」

申し訳なさそうに眉を下げる国春に、ヒフミは肩をすくめる。

「や、そちらのご両親によくしてもらっているのは本人から聞いてるよ。厭われるより、かわいがられた方がいいに決まってる」

ヒフミはグラスに唇をちょっとだけつけると、遠くでこちらを見てキャッキャしている三兄弟の母――京子の姿を見つけて、ひらりと手を振った。

「京子さーん、今日は俺の大事な妹のためにありがとうね！」

そしてニカッと歯を見せて笑うと、京子は、

「はうっ、推しからの認知……！」

胸のあたりを押さえて苦しそうに悲鳴を上げ、夫である恵一が慌てたように妻の体を支えていた。面白すぎる。ちなみに彼女はヒフミの古参のファンで、ファンクラブの会員番号は驚異の一桁だ。

「や～ヒフミさん、俺の母さんの使い方、完璧ですね」

国春がアハハと笑いながら目を細める。

「使い方だなんて。俺は、俺を愛してくれる人を大事にするだけだよ」

少々無礼なところを見せつつ、絶対に愛嬌は失わないように振る舞う。笑顔は演技だとは感じさせない、とびっきりのものを、あなただけのために笑っているのだと見せるだけだ。

国春は「さすがだなぁ」と軽やかに微笑んだ。

それから間もなくして、わぁっと歓声が上がる。視線を向けると新郎新婦が庭にやってきたようだ。ふたりで腕を組み、こちらに近づいてくるのが見える。

半分だけ血の繋がったヒフミの大事な妹は、姑の希望だというたっぷりのレースとフリルが華やかなウエディングドレスを身にまとっていて、少し照れながらも花のような笑顔を振りまいていた。

そして隣には魔性の美貌を持った王子が連れ添っている。

ふたりはフラワーシャワーを浴びながら、声を上げて笑い、時折見つめ合って、ぶつかるように体を寄せ合っていた。

「彩羽ちゃん……」

ダイヤのティアラもネックレスも一級品だが、それでも彩羽の輝かんばかりの美しさにはかなわない。

鼻の奥がつんと痛くなったところで、

「ひぃ兄ちゃん！」

彩羽が一歩引いた場所に立つヒフミに手を振り、駆け寄ってきた。

ヒフミは両手を広げて飛びついてくる妹を受け止めつつ、キラキラの笑顔を浮かべた。

「俺の妹は世界一かわいいっ！」

「えへへ……ありがとう！」

テレテレと相好を崩す彩羽をヒフミは優しく見おろす。

幼い頃、あまりにも似てないから彩羽から「いっそ血が繋がってなかったらいいのに」と言われたことがある。

そしてヒフミもまだ少年だったころ、そう願ったことがあった。

妹とは違うベクトルで。

（でも俺は、お前の理想の兄ちゃんでいるよ。お前の特別でいたいもん）

誰かの理想になるのは簡単なのだ。

だってヒフミは憑依型の俳優だから。

TK Tull kiss label
チュールキス
お前は俺のモノだろっ?
俺様社長の独占溺愛
あさぎ千夜春
ill 大橋キッカ
Chiyoharu Asagi
Kikka Ohashi
紙・電子
同時発売
待望の
大ヒット小説
第2巻
2024年
発売!
電子書籍版：チュールキス
紙書籍四六判：チュールキスDX

チュールキス文庫 moreをお買い上げいただきありがとうございます。
先生方へのファンレター、ご感想は
チュールキス文庫編集部へお送りください。

〒102-0073　東京都千代田区九段北3-2-5　5F
株式会社Jパブリッシング　チュールキス文庫編集部
「あさぎ千夜春先生」係　／「天路ゆうつづ先生」係

✦チュールキス文庫HP✦ http://www.j-publishing.co.jp/tullkiss/

お願いだから俺を見て
～こじらせ御曹司の十年目の懇願愛～

2024年1月30日　初版発行

著　者　あさぎ千夜春

発行人　藤居幸嗣

発行所　株式会社Jパブリッシング
〒102-0073　東京都千代田区九段北3-2-5　5F
TEL　03-3288-7907
FAX　03-3288-7880

印刷所　中央精版印刷株式会社

ISBN978-4-86669-639-3　Printed in JAPAN